# 가즈나이트 R
### Gods Knight R

**이경영 판타지 장편 소설**
FANTASY FRONTIER SPIRIT

# 가즈 나이트 R 21
## 이경영 판타지 장편 소설

초판 1쇄 찍은 날 § 2014년  2월 19일
초판 1쇄 펴낸 날 § 2014년  2월 26일

지은이 § 이경영
펴낸이 § 서경석

편집부장 § 권태완
편집책임 § 이효남

펴낸곳 § 도서출판 청어람
등록번호 § 제1081-1-89호
등록일자 § 1999. 5. 31
어람번호 § 제1-1786호

주소 § 경기도 부천시 원미구 부일로 483번길 40 서경B/D 3F (우) 420-822
전화 § 032-656-4452  팩스 § 032-656-4453
http://www.chungeoram.com
E-mail § chungeorambook@daum.net

ⓒ 이경영, 2010

ISBN 978-89-251-3734-6 04810
ISBN 978-89-251-2296-0 (세트)

이경영 판타지 장편 소설
FANTASY FRONTIER SPIRIT

# 가즈나이트 R

*Gods Knight R*  21

도서출판
청어람

# CONTENTS

# CHAPTER 94
## 불꽃에게 보인 그림자

"사람들이 오는군."

중저음이지만 맑은 목소리가 리오의 귀에 들어왔다.

회색 망토에 달린 후드를 깊게 눌러쓰고 있던 리오는 후드의 그늘 속에서 쓴웃음을 지었다.

"요란하긴 했지."

그는 손을 들어 자신이 기대어 앉아 있는 금속 물체를 손등으로 두드렸다.

"왜 오는지 모르겠지만 이걸 처리하는 걸로 우리 임무는 끝났어. 무시하자고."

그가 기대고 있는 것은 거미와 비슷한 모양을 한 거대 기계의 한쪽 다리였다.

그 기계 거미의 머리 부분에는 여성의 상반신이 달려 있었다.

크기는 큰 왕궁의 성문에 어울릴 만큼 컸지만 턱 위쪽이 전부 날아가 혀를 길게 내밀고 있는 그 모습과 두 팔을 축 늘어트린 자세는 요사스러움을 넘어서 흉측하기까지 했다.

사람들은 그런 괴물의 시체를 뒤에 둔 남자들을 향해 달려가고 있었다.

"표정을 보니 도움을 바라는 것 같군."

리오의 곁에서 말을 걸고 있는 남자는 자신의 파란 장발을 바람에 맡기고 있었다.

왼손에는 붉은색의 창을 들고 있었으나 오른손에는 아무것도 없었다.

오른팔 자체가 물려 뜯겨진 듯 날아간 상태였다.

리오는 그를 흘끔 봤다.

"재생이 안 되나?"

"신이 만든 장난감에게 당했으니 어쩔 수 없지. 절단된 팔의 재구축을 뭔가가 방해하고 있어. 출혈도 멈추지 않아. 일종의 저주인가?"

"그럼 돌아가는 게 좋겠네. 피엘 비서관이라면 뭔가 알겠지. 가자고."

일어나려던 리오는 곁에 있는 남자의 표정을 보고는 다시 바닥에 걸터앉았다.

"슈렌, 넌 성격이 너무 좋아."

"너도 나쁜 편은 아니야."

"또 그 말이군. 내가 그렇게 좋은 놈으로 보이나?"

리오가 악당처럼 웃었다. 슈렌은 그를 돌아봤다.

"성격은 잘 모르겠지만… 이따금씩 존경스러워질 때가 있지."

장발의 남자, 슈리메이어 반 스나이퍼는 창을 땅에 박아 고정시킨 뒤 왼손에 일으킨 불로 오른팔의 단면을 불태워 소독과 출혈을 막았다.

살점이 타는데도 슈렌의 입에서 나오는 것은 신음이 아니라 아까 하던 이야기의 다음이었다.

"시간과 죽음에 무감각해지니 모든 게 건조해지더군. 그러다 보니 싸우기조차 싫어질 때가 있는데 넌 그렇지 않았어. 항상 같은 모습으로 검을 잡고 적들과 맞섰지."

"그게 존경받을 행동은 아닌 것 같은데?"

"그 검의 궤적이, 다른 이를 죽이고 쓰러뜨리기 위한 행동이 절망 속에서 희망을 그리는 것처럼 보일 때가 있거든."

자신과 성씨만 같을 뿐, 머리색도, 성격도 정반대인 슈렌을 잠자코 바라본 리오는 다시 쓴웃음을 지었다.

"넌 너무 감상적이라고."

"개인적인 유희야."

"후후, 그랬지."

리오는 웃으며 일어났다.

"역시 너랑 지크, 루이체가 없으면 세상 참 힘들 것 같아."

중얼거린 그는 뒤집어쓰고 있던 후드를 걷었다.

"넌 여기서 기다리고 있어. 저 사람들은 내가 처리하지."

"부디 사람들이 아니라 용건을 처리하도록 해."

"걱정 참 많군."

리오는 겁에 질린 얼굴로 자신들에게 달려오는 사람들을 향해 제법 빨리 다가갔다.

슈렌은 그에서 눈을 떼지 않았다.

'누군가가 너에게서 나와 지크, 루이체를 앗아간다면 넌 어떻게 될까? 당장 화풀이를 하려고 할까, 아니면 너로부터 우리들을 앗아간 이유를 알아보려고 할까?'

그는 적당히 그을린 팔의 단면에서 불을 떼었다.

'아마도 끝까지 캐내려 하겠지. 넌 경계심 없이 루이체를 받아들이고 그 아이의 뒷조사도 하지 않을 만큼 강인한 본

성이 있으니까.'

슈렌의 시야 속에서 리오는 사람들의 고민거리를 듣느라
정신이 없었다.

'나로선 너의 그런 면을 좋게 받아들일 수가 없어. 네 그
본질 때문에 누군가는 시련을 줄 것이고 다른 누군가는 시
련을 이겨낼 힘을 주겠지. 그 강제균형의 끝이 어디인지 나
는 잘 모르겠어. 부디 내 상식을 벗어나지 않는 선에서 그
쳤으면 좋겠군.'

리오가 사람들과 대강 타협을 하고 그들과 함께 이동하
는 모습을 끝까지 본 슈렌은 슬그머니 자리에 앉아 휴식을
준비했다.

"혹시 그것, 소원인가요?"

다른 이들의 눈을 피하고 자신을 지키는 결계를 방금 친
상태였던 슈렌은 감은 것처럼 보이는 눈을 번쩍 떴다.

목소리는 분명 들렸지만 아무것도 보이지 않았다. 느껴
지는 것도 없었다.

그러나 그는 뭔가가 자신의 앞에, 아니 감각의 정면에 있
다는 것을 추측할 수 있었다.

'지금 내 앞에서 무슨 일이 일어나고 있는 것인가?'

슈렌은 그 이후의 일을 전혀 기억하지 못했다. 이후 리오
가 사람들의 일을 무사히 처리해 주고 돌아왔을 때는 접촉

사실 자체를 망각하고 있었다.

그리고 얼마 못가, 그는 자신이 얼마나 터무니없는 일을 저질렀는지 알 기회도 없이 소멸되고 말았다.

그와 그가 있던 세계가 소멸된 이유는 단 하나, 주신계에서 오리지널 지크 스나이퍼의 포획에 성공했기 때문이었다.

# CHAPTER 95
## 소원의 진실

GodsKnight R

그저 하얗기만 하던 그들이 '그것'을 문제로 인식한 시점은 그들에게 있어서도 실로 굉장한 시간이 흐른 어느 날이었다.

오직 물질들의 상호작용만이 존재하고, 또 그게 가능한 물질들만 있기에 그들이 사는 세계는 모든 것이 흰색이었다.

그들이 존재하는 방대한 공간에는 이따금씩 폭발이 일어나는데, 원인은 상호작용이 남기는 잔류 에너지의 과도한 축적이었다.

그 폭발은 항상 구체형태의 검은색 공간을 만들었다. 연쇄폭발이 일어나 무시할 수 없는 규모의 검은색 공간이 만들어질 때도 있지만 하얀색 공간의 모든 존재들은 그것을 문제 삼지 않았다.

팽창했던 검은색 공간은 시간이 좀 흐르면 확장력을 잃고 수축되어 아예 사라지거나 아주 작은 흔적만을 남기게 된다.

하얀색 공간, 아니 하얀색의 우주를 가득 채운 존재들의 입장에서는 가만히 놔둬도 사라지는 그 현상을 두고 상호작용이라는 이름의 논쟁을 벌일 이유가 어디에도 없었다.

그런데 문제가 발생했다.

모든 기록을 갈아치울 만큼 강력하고 큰 폭발이 일어난 것이다.

그렇다 해도 하얀색 우주의 존재들은 관심을 두지 않았다. 폭발력과 크기 외에는 이전의 것들과 차이가 없어서였다.

하나 시간이 아무리 지나도 폭발에 의해 만들어진 검은색 공간의 크기는 줄어들기는커녕 불특정한 간격으로 확장이 가속되기까지 했다.

그것, 이후 '검은색의 우주'라고 명명된 그 공간의 크기는 사실 하얀색의 우주를 위협할 만큼 거대하진 않았다.

그러나 그냥 내버려 두기에는 너무 낯선 현상이었기에 하얀색 우주의 존재들은 그 검은색의 우주를 탐색해 보기로 했다.

첫 번째 시도는 실패로 끝났다.

고체가 된 적이 한 번도 없었던 하얀색 우주의 존재들은 검은색 우주에 진입하자마자 다른 존재들과의 상호작용이 아예 불가능한 상태가 되었다.

두 번째 시도는 검은색 우주에서 존재할 수 있는 결합구조를 연구한 끝에 이루어졌고 그들은 결국 진입에 성공했다.

그들을 검은색 우주에서 존재하게끔 만들어주는 모습은 하얀색의 가스덩어리에 불과했지만 원하는 일을 이루는 것에는 아무런 지장이 없었다.

검은색 우주에 진입한 탐사대가 가장 먼저 발견한 것은 자신들과 달리 다양한 종류의 모습을 한 유기체들과 그들이 존재할 수 있는 환경이었다.

게다가 지능이 높은 유기체들은 '정신' 이라는 또 다른 개념도 가지고 있었다.

탐사대가 여행을 계속한 결과 그들은 오로지 정신으로만 이루어진 존재, 즉 신을 발견하게 된다.

신은 '기적' 을 일으킬 수 있었다. 중간과정을 생략하고 자신이 원하는 것을 단숨에 이루어내는 그 능력은 하얀색 우주의 존재들이 이해할 수 없는 괴이한 현상이었다.

탐사대는 오랜 상호작용 끝에 검은색의 우주 자체를 '상호작용불가'의 존재로 규정했다. 그리고 자신들의 세계와는 모든 것이 반대로 돌아가는 그 검은색의 우주가 왜 팽창을 거듭하는지 알아보기로 했다.

그러나 그 과정에서 그들의 존재를 인식한 신과의 다툼이 벌어졌다.

공교롭게도 그들이 만난 신은 매우 거만했으며 탐사대가 가진 높은 능력을 탐내어 그들을 붙잡으려 했다.

싸움에 대한 지식이 없었던 탐사대의 대부분은 신의 공격에 맥없이 소멸되어 버렸다.

그 위기의 상황에서, 탐사대 중 한 개체가 그전까지 파악한 검은색 우주의 구조를 역이용하여 '물리력'을 급조하는 데 성공했다.

그는 자신의 일부를 주변에 떠다니는 별들의 파편에 이식하여 물리적 전투가 가능한 존재로 구체화시켰고, 그 바위와 같은 생김새의 '전투능력체'는 자신을 공격하는 신의 모든 공격방식을 빠르게 분석하여 자신의 것으로 만들었다.

오랜 싸움 끝에 결국 신을 분쇄하는데 성공한 하얀색 우주의 존재들은 검은색 우주의 모든 것을 적대하기로 결정했다.

외부에서 압착시키는 방법도 고려되었지만 하얀색 우주와 검은색 우주의 밀도 차이가 너무 컸기에 실패로 끝났다. 가스로 쇠구슬을 두드리는 것과 같은 일이었기 때문이다.

그리고 긴 여행 끝에, 그들은 신들과 그들의 창조물들을 경작하여 힘을 얻고, 그 힘으로 우주를 확장시키는 존재들을 발견했다.

탐사대는 그들을 어둠의 경작자라 이름 붙였고 가장 처음 발견한 경작자들을 공격했다.

하나 경작자들의 전투력은 놀랄 정도였다. 경작지 바깥에서 떠돌거나 자신들의 세계를 만들어 즐기는 야생의 신들과는 달리 전문적이고 체계적이었다.

마치 하얀색의 우주에서 뭔가 올 것을 예상하고 만들어진 조직 같았다.

전투 끝에 패배한 탐사대는 자신들이 만든 전투능력체를 더욱 진화시키기로 했고, 오랜 시간이 흐른 끝에 전투능력체를 자신들의 상호작용으로 제어가 가능한 한계까지 강화시키는 것에 성공했다.

그 전투능력체의 능력과 물량은 검은색의 우주 그 자체를 단시간에 공허한 세계로 만들어버릴 수 있을 정도로 막

강했다.

준비를 끝낸 하얀색 우주의 존재들은 전투능력체로 경작자들을 다시 공격했다.

결과는 성공적이었다. 경작자들은 우주의 현상 그 자체를 역이용할 뿐더러 크기와 물량까지 압도적인 전투능력체들을 이겨내지 못했다.

경작자들은 전투능력체를 '사냥꾼'이라 불렀고 그들을 두려워했다.

그러나 사냥꾼들의 무차별 공격이 단 한순간에 압도되었다. 그 주인공은 실체의 크기만 120만 광년이 넘어가는 괴물이었다.

그것도 한 개체가 아니었다. 밝혀진 숫자만 10이 넘었다.

게다가 가끔씩 이해가 안 되는 이동능력을 발휘하여 한자리에 모인 뒤 회의를 할 때도 있었다.

자신들을 '프라임'이라 밝힌 그 이질적인 존재들은 협상을 제안했으나 하얀색 우주에서는 상호작용이라는 개념만이 존재할 뿐, 협상은 없었다.

하얀색 우주의 존재들은 그 프라임들을 제거하기 위해 온갖 노력을 다했으나 사냥꾼들 중에서 프라임과 대등하게 싸울 수 있는 존재는 없었다.

온갖 새로운 기술을 사냥꾼에 적용해도 프라임은 그 모든 것들을 가볍게 규탄했다. 어찌어찌 몸에 상처를 내도 프라임들의 재생, 아니 몸을 재구축하는 속도는 경이적이었다.

어떤 것을 지키는 최종방어체계. 혹은 검은색의 우주 그 자체를 수호하려는 의지의 화신. 하얀색 우주의 존재들은 프라임이라는 '존재 불가능의 존재'를 그렇게 규정했다.

그들은 결국 자신들의 의지를 대표하는 존재를 만들어 프라임들을 제거하고 검은색 우주를 영원히 수축시키기로 결정했다.

그렇게 탄생한 '하얀 우주의 의지'는 검은색 우주의 모든 것을 학습하며 프라임들을 탄핵할 준비를 했다.

\*     \*     \*

그날, 1번 경작지의 사령관인 프라이오스는 큰 걱정에 시달리고 있었다.

얼마 전에 알 수 없는 이유로 행방불명된 최하위 계급의 부하들 때문이었다.

의자에 앉은 채 신음하는 그의 모습은 가면과 두건 등으로 감출 수 없을 만큼 애처로워 보였다.

그와 가장 오랜 시간을 보낸 어떤 부하는 상관의 그 모습을 말없이 지켜보고 있었다.

가면에 인간의 해골무늬를 새겨 넣은 그 존재는 결국 참지 못하고 목소리를 냈다.

"프라임이시여."

"음."

응답한 프라이오스가 앉은 자세를 바로잡았다.

"비록 하위 계급의 일이지만 주인님께 소원을 해보심이 어떠십니까?"

"음……."

대답 뒤에 프라이오스의 가면 속에서 한숨 소리가 터졌다.

"오래전에 여쭈어봤네."

"예?"

해골무늬 가면을 쓴 여성형 몸체가 움찔했다.

뒤이어 프라이오스는 고개를 저었다.

"그 어린 동포들은 이미 죽었다고 하시는군."

"아아……!"

프라이오스의 부하는 한탄했다.

"하지만 사냥꾼의 활동은 감지되지 않았습니다. 대체 누가 그런 짓을 한 것입니까? 경작지의 신들이라 해도 동포들을 찾아 해치는 것은 쉬운 일이 아닙니다."

"여쭈었네. 하지만 답해주시지 않더군. 오히려 모르는 것이 나으니 잊으라고 하셨네."

프라이오스가 의자의 팔걸이 끝을 움켜쥐었다.

"그들을 잊는 것은 간단한 일일세. 그러나 당장 상상이 되는 것을 어찌한단 말인가? 그들은 분명 마지막 순간에 나를 찾았을 것이네! 내 이름을 부르짖거나, 내 모습을 상상하거나 하면서!"

그가 붙잡은 팔걸이에 금이 가기 시작했다.

"아프고 무서웠을 터인데……!"

"프라임이시여……."

해골무늬 가면의 존재는 프라이오스가 부하들을 얼마나 아끼는지 잘 알고 있었다.

과거, 아우터 갓 한 개체가 경작지에 난입하여 최하위 계급 부하들을 해치고 그들을 잡아먹었을 때의 일이었다.

프라이오스는 다른 상위 계급 부하들의 손에서 해결할 수 있는 일인데도 불구하고 직접 나섰고, 그는 문제가 된 아우터 갓을 '특별하게' 조각낸 후 경작지 주변에 뿌려버렸다.

억 단위로 조각난 아우터 갓의 몸은 강제로 주입된 프라이오스의 힘에 의해 소멸되지 못하고 경작지 외부를 향해 각각 고통을 내질렀다. 그 이후 프라이오스의 경작지에 아우터 갓이 침범한 적은 단 한 번도 없었다.

아우터 갓의 조각난 몸은 이후 '주인'이 프라이오스를 다그치면서 가까스로 소멸과 안식을 맞이할 수 있었다.

하나 프라이오스가 행사한 그 공포는 아우터 갓의 파편들이 1억 년 이상 질러댄 비명으로 인해 주변의 모든 우주적 존재들의 기억에서 지워지지 않았다.

"경작지들의 관리는 잠시 저에게 맡겨주십시오."

해골무늬 가면의 부하가 과감히 요청했다. 그녀의 직위는 분명 프라임 다음이었지만 경작지의 관리를 직접 할 수 있는 자리는 아니었다.

자격이 문제가 아니었다. 그만큼 힘든 일이었다.

"잠시 그리 해주게."

부하의 각오를 알고 있는 프라이오스는 쉽게 그 요청을 받아들였다.

이후 어린 부하들을, 아니 동포들을 잃은 프라이오스의 슬픔은 시간이 조금씩 가져갔다.

하지만 궁금증은 꾸준히 커졌다.

'주인께서는 왜 모르는 것이 낫다고 하셨단 말인가? 그렇게 일을 넘기려 하신 적이 단 한 번도 없으셨는데?'

그는 꾸준히 고민했다. 그리고 머지않아 결국 사건이 일어나고 말았다.

일은 그가 경작지의 관리권한을 다시 되찾은 이후 얼마 안 되었을 때 터지고 말았다.

"아네라 종족의 팜블러드 일파라고?"

프라이오스는 그 낯선 종족과 일파의 이름을 부하들에게 전달받고는 사냥꾼들과 처음 만났을 때만큼이나 놀랐다.

더불어 정보를 전달해준 존재는 프라이오스의 부하가 아니라 프라이오스의 본거지를 찾아온 팜블러드 일파의 외교관이었다.

"처음 듣는 종족이로군. 대체 언제, 어느 곳에서 발생한 자들이란 말인가?"

"문제는 그들의 기술력입니다."

소식을 가져온 해골무늬 가면의 부하는 손에 쥔 작은 금속판을 프라이오스에게 건네주었다.

"오래된 아우터 갓이나 엘더 갓조차 도달하지 못한 수준의 기술력을 가진 생명체들입니다."

검은색의 그 금속판을 전달받은 프라이오스는 자신의 부하들 뒤편에 뒷짐을 지고 서 있는 그 낯선 존재들 쪽으로 머리를 움직였다.

그 생명체들은 금속제 갑옷과 특별한 방어기술로 몸을 보호하고 있었다.

'갑옷에 사용된 금속의 질도 뛰어나지만 우주의 현상들을 축소시켜 몸 주변에 두르고 있다니, 놀랍군. 기술로서 신을 능가하는 존재들이란 말인가?'

프라이오스는 손에 쥔 금속판을 일단 옆에 있는 흰색 테이블에 옮겨놓은 뒤 자신들을 '아네라'라고 밝힌 그 종족들에게 관심을 집중했다.

"팜블러드의 외교관들이여. 그대들이 우리들을 아는 것도 부족하여 본거지의 위치까지 알아내다니, 놀랍군. 게다가 자네들이 타고 온 저 거대한 탑승물 말일세. 내가 감지하지 못할 만큼 빠르게 나타났지."

프라이오스는 마치 사냥꾼처럼 본거지 옆에 번쩍 나타난 그들의 탈것을 지적했다.

그 사각추 형태의 물체는 겉을 둘러싼 은색 금속의 블록들로 인해 별보다 더 찬란히 빛나고 있었다.

"거의 기적에 가까운 혁신을 거듭해야만 도달이 가능한 경지인 듯한데, 대체 어떤 신이 자네들을 이끌었는가?"

프라이오스가 묻자 대표로서 가장 앞쪽에 서 있는 자가 대답에 앞서 고개를 조금 숙였다.

"우리 아네라는, 그리고 팜블러드는 신을 믿지도, 모시지도 않는다오. 경작자들의 사령관이여."

"허튼 소리."

프라이오스가 쓰고 있는 적층식 가면의 틈새 사이에서
황금색의 빛들이 가루처럼 쏟아졌다.

"그대들의 육체와 세포, 유전자에 새겨진 진화의 역사는
1만 년이 안 된다네. 이 위대한 우주에서 발생한 모든 생명
체들이 아무리 우연을 기초로 한다지만 고작 1만 년이라는
단기간에 자네들과 같은 기술력을 쌓을 만큼 진화한다는
것은 이치에 맞지 않지."

아네라들이 흠칫했다.

"이치라니, 당치 않소. 우리 아네라의 존재와 그 진화를
인정하지 못하겠다는 뜻이오?"

"내 앞에 실존하고 있으니 인정하겠네. 하지만 아무런 의
심 없이 넘어갈 생각은 없다네."

"……."

"그럼 본론으로 들어가세. 아네라의 일원이여, 우리를 경
작자라고 부른 것을 봐서는 상당한 정보를 가지고 있는 것
같은데, 용건이 뭔가?"

그가 묻자 아네라가 쓰고 있는 투구가 거만하게 위쪽으
로 들썩거렸다.

"우리가 건네준 장치를 먼저 사용해 보시오."

"흠."

프라이오스는 테이블에 놓았던 금속판을 다시 손에 쥐었다.

'조작 방식은… 일정 수준 이상의 정신력을 가하면 되는군.'

프라이오스가 적절히 힘을 가했다. 아네라들은 특별한 설명도 듣지 않고 자신들의 기계를 조작하는 프라이오스의 능력에 내심 놀랐다.

프라이오스는 자신들의 기술력을 뽐내는 그 어린 종족의 모습을 한심하게 바라봤다.

'경작자라는 호칭을 감히 입에 담는 주제에 우리의 힘을 전혀 모르고 있다니, 저 건방짐과 무지함에 감탄이 나올 정도군. 대체 여기에 왜 온 것인가? 장난하러?'

프라이오스의 힘에 반응한 금속판에서 빛이 올라왔다. 그 빛은 프라이오스의 정면에 큰 화면을 만들었다.

화면 속에는 중무장을 한 아네라의 전사들과 그들이 만든 것으로 보이는 수많은 기계병기들이 즐비하게 모여 있었다.

'중계 장치였나? 이것으로 저 장소의 위치는 파악됐는데, 저 불온한 태도는 대체 뭐란 말인가?'

난감함에 이리저리 흔들리던 프라이오스의 머리가 갑자

기 멈췄다.

그 무력집단의 한 가운데에 있는 어떤 것들 때문이었다.

제단처럼 보이는 장소에 서 있는 아네라의 전사들이 몇 가지 물건을 미친 듯이 흔들고 있었다.

한 종류는 부서지거나 금이 간 가면이었고 또 한 종류는 넝마가 된 감적색의 옷가지였다.

그 가면과 옷들의 숫자는 사망했다는 사실만이 확인되었을 뿐, 어떻게 죽었는지 주인조차 가르쳐 주지 않았던 최하위 계급 부하들의 숫자와 일치했다.

"프라이오스라는 자여, 내 말이 들리나?"

부서진 가면을 움켜쥔 자들 중 한 명이 화면 속에서 소리쳤다.

"그대가 관리하는 경작지가 얼마 전부터 우리의 영역을 침범하기 시작했다! 이 드넓은 우주가 너희들만의 것이 아니라는 것은 두말할 나위가 없겠지?"

"……."

프라이오스의 몸은 무쇠처럼 굳어 있었다. 분노로 인해 사고체계도 제대로 돌아가지 않았다.

"뭐라고 말이라도 좀 해보지 않겠나? 은하단 몇 개 이상의 영역을 지배하는 자가 저렇게 얼어붙다니, 믿을 수가 없군!"

프라이오스의 머리가 꿈틀했다.

"그쪽에서 내 모습이 보이는가?"

"그렇다! 그 계단쪼가리 같은 가면이 인상적이로군!"

가면을 든 자의 외침에 프라이오스의 부하들 전원이 살의를 품었다.

일단 손을 들어 부하들을 제지한 프라이오스는 그 손으로 자신의 가면을 덮었다.

"프라임들이 사용하는 가면에는 큰 뜻이 담겨 있지. 궁금하지 않나?"

프라이오스의 질문에 화면 속에서 가면을 흔들고 있던 아네라의 전사가 그것을 바닥에 내던지고 발로 밟아 짓이겼다.

"쓸데없는 소리는 집어치우고 당장 그 구역에서 떠나라! 그 영토는 이제 우리 팜블러드 일파의 새로운 터전이 될 것이다! 기한 내에 철수하지 않으면 네 가면도 이렇게 만들어 줄 것이다!"

그는 밟고 있는 가면의 파편을 더욱 잘게 부쉈다.

"넌 최고 권력자가 아니로군."

프라이오스가 말했다.

가면을 짓밟던 아네라의 전사는 화면 안에 있어야 할 프라이오스가 갑자기 자신의 눈앞에 서 있는 것을 보고 모든 행동을 멈췄다.

프라이오스가 있어야 할 화면 속에서는 외교관의 자격으로 갔던 아네라들이 나체가 된 채 한 명씩 목이 잘리고 있었다.

그 살육을 배경으로 한 프라이오스가 아네라의 전사에게 다가갔다.

"질문을 하지. 내 어린 동포들을 살해한 것이 너희들인가?"

"어떻게 이 자리에?"

놀라 소리치는 아네라 전사의 방어수단과 물리적 갑옷이 별다른 접촉 없이 단숨에 날아갔다.

나체가 되어버린 아네라의 전사는 가면의 틈새에서 붉은색 빛을 흘리고 있는 프라이오스의 모습에 완전히 압도당했다.

"네가 해야 하는 일은 단순하다, 원시 종족의 전사여. 그저 내 질문에 대답을 하면 된다."

아네라의 전사는 대답여부에 관계없이 자신이 죽을 것이라 생각했으나 그의 의사와 몸은 이미 따로 놀고 있었다.

"우, 우리가 죽였다!"

"그렇군. 그럼 두 번째 질문이다."

뒤이어 그 광장에 모여 있는 모든 아네라 종족들의 갑옷과 무기, 그리고 의복이 날아갔다. 기계병기들은 가루가 되어 쏟아져 내렸다.

"너희들의 비정상적인 기술력은 인정하지만 아직 내 동포들의 은신기술을 포착할 만큼 수준이 높진 않다. 그런데 어떻게 내 동포들을 찾아내고, 포박하고, 또 죽였는가?"

"그건……!"

상대가 대답을 하려는 찰나, 프라이오스의 손이 그의 머리를 움켜쥐었다.

아네라 전사의 머리가 바람 빠진 공처럼 프라이오스의 손가락 위치에 맞춰 구겨졌다.

인내심의 한계에 달하여 상대의 뇌를 직접 분석해 버린 프라이오스는 분석이 되다 못해 뇌가 분해된 상대를 옆으로 내던졌다.

"흠, 정말 모르는군. 넌 그저 내 동포들을 찌르고 베어서 죽였을 뿐이야. 그렇다면 정확한 사실을 아는 자가 필요하겠군."

프라이오스가 오른쪽으로 고개를 돌렸다.

그 자리에는 둥글둥글한 금속제 의자에 앉아 있는 아네라가 있었다.

황금색 갑옷에 붉은색 보석이 잔뜩 박힌 투구를 쓰고 있는 그 존재는 자신이 왜 이곳에 옮겨졌는지 영문을 몰라 고개를 가로저었다.

그가 방금 전까지 있었던 장소는 지하에 건설한 요새의 안쪽이었다.

"팜블러드 일파의 지도자… 아니, 족장이로군. 네가 내 동포들을 발견했나?"

프라이오스가 물었다.

"자, 잠깐! 정확히는 내가 아니라……!"

"뭔가 알고 있군."

뭔가 말을 하려던 족장의 주변이 캄캄해졌다.

'우주?'

정확히는 공허해진 우주의 한가운데였다.

족장은 투구를 통해 우주의 지도를 열어 자신의 위치를 확인했다.

그는 투구의 기능을 의심했다. 자신과 프라이오스의 우주 좌표에 변함이 없었기 때문이다.

프라이오스는 자신의 곁에 떠돌고 있는 부하들의 유품들을 잘 모아 정돈한 뒤 자신의 소매 안에 정성껏 집어넣었다.

수습을 끝낸 그는 공허의 한가운데에서 당황하고 있는

팜블러드의 족장을 다시 봤다.

프라이오스의 가면에서 흘러나오고 있는 빛은 여전히 붉은색이었다.

"상황을 정리해 주지. 이제 네가 팜블러드라는 아네라 일파의 유일한 생존자다."

"유일한 생존자라고?"

"너희들의 일파와 문명 전부가 방금 전에 지워졌지. 내 손에 말이야."

프라이오스의 설명을 들은 팜블러드의 족장은 미친 듯이 고개를 저었다. 그것은 부정이자 강한 긍정이었다.

그는 지워버렸다는 말을 들은 순간 그것 외에는 지금 현재 상황을 설명할 수 있는 방법이 없음을 단숨에 이해하고 말았다.

"대체 어떻게? 사실이라면 그 수단을 설명해 봐라! 내가 인식하지 못할 정도의 속도로 모든 것이, 주변 행성과 항성들까지 사라져 버린 이유를 설명해 보란 말이다!"

"이 상황에서 나에게 설명을 요구하다니, 굉장하군. 모든 아네라 종족이 너처럼 오만한 탐구심에 젖어 있나?"

프라이오스가 두 팔을 벌렸다.

"원시 생물 주제에……!"

팜블러드의 족장은 프라이오스의 움직임에 맞춰 우주의

어둠 전체가 너울거리는 것을 목격했다.

'저런 단순한 움직임 한 번에 우리가 지정한 우주의 좌표 자체가 변동하다니, 저 존재가 가진 힘의 영역은 대체 어디까지란 말인가? 아니, 애초에 무엇을 동력으로 삼아야 저런 짓을 할 수 있단 말인가?'

프라이오스의 가면에서 피처럼 흐르는 빛의 양이 더욱 방대해졌다.

"진실을 말하라, 다스릴 자를 모두 잃은 족장이여! 그렇다면 죽을 때의 고통만은 면하게 해주마!"

점점 강해지는 프라이오스의 힘에 족장이 갖추고 있는 갑옷의 결속력과 각종 방어체계가 급속히 손상되었다.

어떤 강제적 힘에 의해 파괴되는 것이 아니었다. 바람에 낙엽이 날리는 것처럼 자연스러운 일이었다.

팜블러드의 족장은 다급해졌다.

상대방은 이성을 거의 잃은 초월자였다. 지금 당장 모든 것을 실토하고 자비를 구한다고 해서 목숨을 유지할 수 있는 분위기가 전혀 아니었다.

그런데도 족장은 진실을 이야기하기로 마음먹었다.

프라이오스가 주는 공포감은 그 정도였다.

"창조자의 가르침이었네! 그가 그대의 부하들을 우리에게……!"

족장의 모습이 갑자기 사라졌다.

그를 감춘 것은 바위가 대충 뭉쳐져 형성된 것처럼 보이는 커다란 주먹이었다.

그 주먹 안에서 족장이 완전히 으깨진 것을 확인한 프라이오스는 우주보다 더욱 어두운 검은색 안개를 몸에 휘감으며 자신의 위를 올려다봤다.

"창조자라고?"

프라이오스의 시야에 들어온 것은 우주공간 속에서 유령처럼 흔들리는 하얀색의 존재였다.

"프라임 프라이오스. 오래간만이군."

족장을 으깼던 거대한 주먹이 오색의 빛을 휘감으며 프라이오스에게 돌진했다.

충돌은 있었지만 부서진 것은 주먹이었다. 주먹뿐만 아니라 주먹의 근본이라 할 수 있는 암석의 팔과 몸뚱이, 다리가 프라이오스의 손에서 뿜어져 나오는 고압의 소용돌이에 걸려 소멸되었다.

"오래간만? 네놈, 사냥꾼과 무슨 관계인가?"

프라이오스와 그가 속한 집단은 방금 전 갑자기 나타난 전투능력체, 혹은 그와 비슷한 형상을 가진 존재를 '사냥꾼'이라 부르며 경계하고 있었다.

경작자들은 그들이 경작지를 왜 습격하는지, 자신들을

왜 죽이려 드는지 아직도 그 이유를 알지 못했다. 결국 사냥꾼을 만나면 도망치라는 행동지침까지 만들어질 정도였다.

하얀색의 존재가 몸 전체를 흔들며 프라이오스에게 다가왔다.

"아주 오래전에 우리들과 만났지 않나? 자네와 자네의 친구 프라임 사이악스, 그리고 프라임 윈드렉스와 함께 말이야."

상대의 추억은 분노로 달궈져 있던 프라이오스의 사고능력을 조금이나마 진정시켜주었다.

"그날을 이야기하는 것이군."

사냥꾼들의 무차별 습격이 계속 이어지는 가운데, 프라임 클래스 세 명과 기록상 가장 큰 사냥꾼 세 개체가 가장 허전한 우주에서 만나 회담을 하려 한 일이 있었다.

양측은 아예 말이 통하지 않았고 결국 인내심에 한계를 느낀 프라임, 사이악스와 윈드렉스는 그 자리를 떠났다.

그러나 그들과 함께 떠났던 프라이오스가 사냥꾼들 앞에 다시 나타났고, 그는 괴력을 발휘하여 사냥꾼들을 모조리 증발시켜 버렸다.

"네놈, 숨어서 그 회담을 지켜보고 있었나?"

프라이오스가 질문하는 사이 그 하얀색의 존재가 프라이

오스의 코앞에까지 접근했다.

"지켜봤다고? 흠, 그래. 봤다고 해두지. 아무튼 자네는
변함없이 강력하군. 당시 자네 혼자서 우리들을 전부 쓸
어버렸지. 지금의 자네는 그때보다 더 강해진 것 같은데,
맞나?"

프라이오스의 가면에서 흘러나오는 빛이 조금씩 수습되
었다.

"우선 널 뭐라고 불러야 할지 모르겠군. 아네라는 너희들
을 창조자라고 하는 것 같던데, 그렇다면 나도 너를 그렇게
부르며 조롱해야 하나?"

프라이오스가 상대하고 있는 그 하얀색의 존재는 대강
인간의 형태를 하고 있었다.

머리, 정확히는 눈이 있어야 할 장소에 존재하는 것은 검
은색의 퀭한 구멍이었다.

그 구멍이 실망감을 표현하듯 일그러졌다.

"설마 내가 누군지 모르고 하는 말은 아니겠지?"

"그렇다면 하얀 우주의 의지라고 하지. 주인님과 나는 너
를 그렇게 규정하고 있으니까."

그러자 하얀색의 존재, 아니 하얀 우주의 의지가 가진 검
은색 눈이 곡선을 그렸다.

"역시 우리들은 서로를 너무 잘 알고 있어. 왜 자네와 자

40 가즈 나이트 R

네의 주인이라는 존재가 우리에 대한 사실을 다른 프라임들에게 가르쳐 주지 않는지 의문이지만 말이야."

"잘 알고 있다면서 의문을 가지다니, 오류로군."

프라이오스의 지적에 하얀 우주의 의지는 웃기만 할 뿐이었다.

"본론으로 들어가지. 너희들이 아네라를 창조했나? 우리를 위협할 수단은 사냥꾼이라는 이름의 돌덩어리들로 충분할 텐데?"

프라이오스가 묻자 하얀 우주의 의지는 손을 저었다.

"힘으로 너희들을 잡으려는 방식은 예전에 포기했거든. 무슨 짓을 해도 너희들을, 프라임이라는 이름의 최종방어 체계를 돌파할 수 없다는 사실을 알아버렸지."

"그 예전이 언제인가?"

"우리가 그걸 가르쳐 줄 것 같나?"

프라이오스의 가면에서 쏟아지는 붉은색 빛이 조금 연해졌다.

"너무 오랫동안 우리에게 관심을 쏟은 것 같군. 사고 구조가 이쪽 세계의 존재들과 비슷해졌어."

"인정하지. 그럼 아네라에 대한 이야기를 계속 해볼까?"

"원하는 바다."

프라이오스의 가면에서 나오는 빛이 다시 붉어졌다.

하얀 우주의 의지는 주변을 가리키듯 두 팔을 휘저었다.

"방금 자네가 지워버린 이 우주에는 꽤 다양한 생물들이 살고 있었네. 자네들이 만든 경작지와는 다르게 모든 생물들의 개성이 뚜렷하더군. 그중에서 발전 가능성이 보이는 무리를 골라서 우리들의 지식을 건네줬을 뿐이야. 그랬더니 피와 살을 가졌음에도 불구하고 '신'을 능가하는 지능과 기술의 존재가 탄생하더군."

"왜 그런 존재를 무수히 만들었나? 내가 방금 지워버린 아네라 부족의 머릿수는 280억 개체가 넘었는데?"

"프라임 사이악스도 가끔 하는 짓이지 않나? 어려운 일도 아니고 말일세."

"그래서, 그 유한한 존재들에게 이 우주의 지식까지 가르쳐 줬나?"

구현된 프라이오스의 분노가 주변 우주 전체의 색을 진홍색으로 달구었다.

"그래야 자네들에게 도전할 만큼 오만해지니까."

이유를 들은 프라이오스의 금속제 장갑에서 검은색의 불꽃이 치솟았다.

"왜 그들이 내 경작지 곁에서, 내 앞에서, 내 동포들을 상대로 오만을 저지르게 했나!"

"자네가 흥분할 것이 분명했거든. 지금처럼 말이야!"

작은 유령처럼 팔랑거리던 하얀 우주의 의지가 프라이오스의 시야를 완전히 가릴 만큼 확장되었다.

"우리가 있는 한, 전 우주에 퍼져 있는 아네라들이 있는 한 자네의 분노가 진정될 일은 결코 없을 것이다! 프라임 프라이오스여!"

상대의 확장에 맞춰 프라이오스도 자신의 실제 크기와 질량을 급속히 확보했다.

빛의 속도로 약 120만년을 달려야 도달할 수 있는 프라임 프라이오스의 신장과 그에 걸맞은 질량은 주변의 우주를 급속히 붕괴시켰다.

프라이오스의 발밑에서는 그를 지탱하기 위한 중력붕괴 현상이 동시다발적으로 일어났다.

옷자락 주변에서는 초신성 폭발이 지나친 밀도로, 그것도 대량으로 발생하여 프라이오스와 하얀 우주의 의지를 제외한 모든 것들을 섬광 속에 묻어버렸다.

"하얀 우주의 의지여, 다시금 너희들에게 부족한 것이 무엇인지 가르쳐 주마!"

"사양 않지!"

둘의 격돌이 우주의 흐름을 어지럽히기 시작했다.

하얀 우주의 의지가 빨아들이고 압축하여 광선의 모습으로 뿜어낸 우주공간의 빈자리는 공허의 나락이 됐다.

아무 죄도 없는 주변의 은하와 성운, 그밖에 우주의 모든 것들이 갑자기 만들어진 그 빈자리를 채우기 위해 그 나락을 향하여 고속으로 빨려들어 갔다. 항성에서 발산되는 빛조차도 탈출할 수 없었다.

이후 온갖 초중력 현상이 뒤를 이었으나 프라이오스가 받은 영향은 옷자락이 흔들리는 정도에 그쳤다.

"하얀 우주의 의지라는 존재가 겨우 이 정도인가? 실망스럽군!"

상대의 공격에 대항하기 위해 프라이오스가 발휘한 힘은 40억 광년 범위 내의 모든 것들을 지워버리는 '디콤포저 방정식'의 녹색 번개였다.

그것을 맨몸으로 버텨낸 하얀 우주의 의지는 다시금 우주를 빨아들이고 압축하여 프라이오스에게 내던졌다.

그 우주를 향해 내민 프라이오스의 손으로부터 녹색 번개가 가득한 공간이 확산되었다. 압축되어 무기로 변한 우주가 디콤포저 방정식에 충돌하여 지워졌다.

"이건 어떨지 모르겠군, 프라이오스!"

하얀 우주의 의지가 주먹으로 프라이오스의 얼굴을 후려쳤다.

고개가 옆으로 돌아갈 만큼 충격을 받은 프라이오스는 바로 상대의 손목을 잡은 후 디콤포저 방정식을 연발하며 상대의 몸통을 마구 두드렸다.

둘이 충돌하고 이동하면서 주변의 별들이 모조리 산화되었다.

은하는 짓밟혀 흩어졌고 수십 만 광년 밖에 있던 천체들도 닥쳐오는 여파에 밀려 빛의 수천 배 속도로 궤도를 이탈했다.

우주는 거대했지만 애초에 그들을 지탱할 수 있는 밑바탕은 아니었다.

싸움이 길어지고 양측의 이동속도마저도 과격해지면서 우주의 모든 상식들이 깨져 나갔다.

프라임들이 과거에 최고 위험인자로 분류한 아우터 갓들조차 상상하지 못했던 규모의 우주 붕괴가 곳곳에서 일어나고 있었다.

그런 와중에 하얀 우주의 의지가 갑자기 모습을 감췄다.

"역시 이길 수 없군!"

둘은 격전을 하며 거의 비슷한 속도와 위력의 타격을 서로에게 입혔지만 그냥 부서지기만 하는 하얀 우주의 의지와 달리 프라이오스의 몸체는 부서지는 속도보다 재생되는 속도가 더 빨랐다.

물론 하얀 우주의 의지는 자신이 그렇게 밀릴 것을 알고 있었다. 그리고 그것이 그의 노림수였다.

"그 막대한 저력의 근원이 너희들을 가호하는 한 내가 이길 가능성은 없겠지! 난 도망치겠다, 프라이오스여! 그 강대한 힘으로 나를 찾아봐라!"

상대의 기척이 완전히 사라지자 프라이오스의 가면은 광적인 기세로 빛을 토했다. 더불어 그의 몸 전체를 감싼 모든 현상들이 그들에게 규정된 '한도'를 넘어서고 말았다.

프라이오스의 몸 전체가 검은색 안개에 감싸였고 가면에서 흐르는 빛은 붉은색의 빛을 폭발적으로 뿜어냈다.

그는 붕괴되는 우주 속에서 뭔가를 찾듯이 고개를 좌우로 저었다.

"어디 있나? 어디로 갔나? 또다시 아네라들 사이로 숨었나? 그렇다면 우주 전체를 뒤져서라도 그들을 멸종시키고 네놈들의 의지도 분쇄시킬 것이다!"

이성을 완전히 잃어버린 프라이오스의 힘이 우주를 뒤덮듯 퍼져 나갔다. 속도라는 개념조차 초월한 그 검은색의 파동은 빛을 역류시키고 성운들을 산화시켰다.

그 힘으로 우주 곳곳에 퍼진 아네라들의 위치를 완전히

파악한 프라이오스는 몸에 닿는 모든 우주를 찢으며 그들이 있는 곳으로 날아갔다.

"무엄한 짐승들 같으니!"

그와 가장 가까운 곳에 있던 아네라의 일파는 프라이오스가 손으로 할퀴어 찢은 은하와 함께 의미 없이 소멸되었다.

"네놈들만 있는 것이 아닐 터!"

급속으로 퍼진 프라이오스의 분노와 살의는 그 직접적인 표적, 즉 우주에 있는 모든 아네라들을 전율시켰다.

공포만으로 그 자리에서 죽는 아네라들이 속출했고 살아남은 자들은 워프 드라이브를 통해 달아나려 애를 썼다.

프라이오스는 멀리서 벌어지고 있는 그 과정을 가속시켜 코앞에서 지켜보듯이 관찰하고 있었다.

'저 짐승들이 감히 프라임들조차도 허락받지 못한 우주의 구조를 안단 말인가? 하얀 우주의 의지여, 네놈이 무슨 짓을 저지른 것인지 진정 모르는가?'

아무도 막지 못할 듯했던 프라이오스를 가로막은 것은 수천 개체의 아우터 갓과 엘더 갓의 연합이었다.

"용건을 밝혀라, 신들이여."

프라이오스의 살기가 그들 전체에게 쬐여졌다.

신들은 긴장했으나 여기서 물러날 수는 없었다.

"그 덧없는 분노를 거두고 우주를 진정시켜라, 프라이오스여! 그대에 의해 완전히 깨어진 우주의 흐름은 그대들의 경작지에도 영향을 끼칠 것이다!"

프라이오스는 자신만큼 크기를 키워 소리를 치는 아우터 갓의 목을 간단히 움켜쥐었다.

"나를 막겠다고? 너희들이 신이랍시고 잘난 척을 할 공간과 시간을 지금껏 누가 지켜줬는지 모른단 말인가?"

목이 붙잡힌 아우터 갓은 행성들을 섭취하기 위해 존재하는 자신의 촉수들을 뻗어 프라이오스를 밀어내려 시도했다.

그러나 그의 행동은 아우터 갓들이 애써 인정하려 들지 않았던 프라임들과의 격차를 뚜렷이 증명해 주는 것과 마찬가지였다.

"아니?"

프라이오스를 막아야 할 아우터 갓의 촉수가 오히려 프라이오스에게 제어권을 강탈당하여 서로를 씹고 물어뜯었다.

"이런 일이!"

프라이오스를 정면으로 막으려 했던 아우터 갓은 당황하여 몸부림을 쳤다.

그의 앞에서 프라이오스의 붉은색 빛이 스산하게 빛나기

시작했다.

"내가 너희들을 '다룰' 방법은 무한하지만 너희들이 나를 '대할' 방법은 한 가지뿐이다! 애초부터 그랬고, 지금도 그러하지!"

프라이오스는 붙잡고 있던 아우터 갓을 밀친 뒤 분노의 방향을 앞에 있는 연합군들에게 맞췄다.

"야생 잡종들이여, 멸망이 두려운가? 지금부터는 이 프라이오스를 두려워해야 할 것이다!"

그 자리에 모인 모든 아우터 갓과 엘더 갓들이 한꺼번에 전의를 상실했다.

자신들과는 근본부터가 다른 절대적인 저력이 자신들을 온갖 방법으로 유린할 것이라는 상상 속에 그들은 차례로 살아가는 것을 포기했다.

그러나 아무도 멈추지 못할 것만 같았던 프라이오스의 분노는 거기서 끝이었다.

어느 순간 평소의 크기로 돌아온 프라이오스는 자신의 행동에 의해 어지럽혀진 우주의 흐름, 즉 탄생과 소멸, 잔재의 원칙이 누군가의 힘에 의해 다시 제자리로 돌아가는 모습을 가만히 지켜봤다.

자신들의 보금자리로 돌아가는 아우터 갓과 엘더 갓들의 뒷모습에는 프라이오스에 대한 씁쓸함과 공포가 동시에 도

사리고 있었다.

프라이오스는 나지막이 들리는 그들의 욕설을 완전히 무시한 채 마치 자리에 누운 듯한 자세로 시간을 보냈다.

"제가 잘못을 한 것입니까?"

그가 우주의 저편을 향해 물었다.

실제로 눈에 보이는 것은 없었지만 프라이오스는 누군가가 자신을 향해 미소를 보내며 고개를 끄덕이는 모습을 느꼈다.

"이 부족한 존재에게 영원한 안식을 주십시오, 주인이시여."

"오래전에 말했지요?"

목소리가 프라이오스에게 들려왔다.

"당신은 모든 프라임 가운데 가장 나약한 존재입니다. 그런데도 수호자처럼 행동하려 하지요. 제가 그렇게도 말렸는데, 꼴좋군요."

"……"

"당신은 고독을 너무 두려워한 나머지 누군가를 잃으려하지 않지요. 그 결과 당신은 하얀 우주의 의지가 바라던대로 이 우주를 망쳤어요. 마음에 안 드는 걸 내던지는 어린아이처럼 말이에요."

"말씀하신 그대로입니다."

프라이오스는 들려오는 목소리의 지적을 인정했다.

"하얀 우주의 의지는 당신들을 꾸준히 관찰한 것 같네요. 오로지 당신만을 노렸다면 어린 동포들을 포로로 잡고 인질극을 벌이는 것으로 충분했을 테니까요."

"......"

"그 결과 당신과 당신의 친구들이, 그리고 어린 동포들이 여태껏 해왔던 모든 것들이 당신의 손에 망가졌어요. 신들과 소수의 아네라를 제외하고 목숨을 건진 생물은 당신의 형제들이 지키는 경작지 내의 존재들뿐입니다. 우주의 전멸이지요."

프라이오스는 손을 들어 가면을 벗은 후 반대편 손으로 얼굴을 덮었다.

"한 번 더 청하겠나이다. 저를 이 나약함에서 벗어나게 해주십시오."

그의 목소리는 구슬펐다.

"목숨을 소중히 여기세요."

"......"

"그리고 감히 당신 앞에서 모든 걸 내던지려는 존재가 나타난다면 지금 제가 한 말을 그대로 전해주세요."

"어째서입니까?"

프라이오스가 다급히 물었다.

"그러면 왠지 당신이 멋있어 보일 것 같지 않나요?"

"……."

"후후, 보람된 일일 거예요."

프라이오스는 손을 떼지 못한 채 가만히 있다가 허탈하게 웃었다.

"이 프라이오스 앞에서 그러한 배짱을 부릴 자가 과연 나타날지 모르겠습니다, 주인이시여."

"분명 희박하긴 하지만… 혹시라도 나타난다면 재미있을 것 같지 않나요?"

손 아래로 언뜻 보이는 프라이오스의 표정이 그가 쓰고 있던 가면만큼이나 차가워졌다.

"그 재미가 일어나기 위한 전제조건은 적대감입니다. 하얀 우주의 의지를 제외한 누군가가 어둠 속에만 있어야 할 우리들의 존재를 깨닫고 무의미한 행동을 해야만 합니다."

"그렇지요."

"주제 파악을 못한 아우터 갓, 혹은 최근 경작지 내에서 일정 확률로 나타나고 있는 특이점. 둘 중 하나일 것입니다. 전 지금까지 그러한 존재들을 지워왔고 앞으로도 그럴 것입니다. 과연 당신을 즐겁게 해드릴 수 있을지 모르겠습니다."

황색의 빛이 프라이오스를 껴안듯 감쌌다.

"당신은 같은 실수를 두 번 할 만큼 멍청하지 않아요. 그러니 슬픔을 거두세요, 나의 첫 번째 친구여."

"......"

프라이오스는 다시 가면을, 프라임의 의무를 얼굴에 덮었다.

"따르겠나이다."

그를 위로해주던 빛이 온기를 남기며 사라졌다.

프라이오스는 본래의 모습을 되찾은 우주와 그 검은색 속에서 수없이 반짝이는 별들을 지켜봤다.

"프라임은 모든 것을 인정하고 창조할 수 있으며, 간섭하려는 그 어떠한 것도 규탄할 수 있지."

빛을 잃었던 그의 가면에서 다시 황금색 빛이 흘러나왔다.

"결코 자신을 드러내서도, 다른 이들이 알게 해서도 안 되는 비정상적인 존재. 그것이 우리들이다. 어린 동포들에게 항상 지적하는 그 철칙을 내가 잊고 말았군."

그를 향해 빠르게 다가오는 존재가 있었다.

프라이오스와 똑같은 복장, 그리고 똑같은 가면을 쓴 또 다른 프라임이었다.

"내 경작지 근처까지 와서 무엇을 하는 건가?"

상대의 질문에 프라이오스는 자세를 바로 한 뒤 그 프라임을 마주봤다.

"이상하게 자네가 반갑군, 사이악스여."

"난 그다지."

"……."

프라이오스는 지금 나타난 자신의 형제이자 친구, 프라임 사이악스가 왜 이곳까지 왔는지 알고 있었다.

"나를 말리기 위해 온 것이라면 너무 늦었네."

"알고 있네. 모든 것이 복원되었으니까. 그보다 무슨 일로 이렇게 화를 낸 것인가?"

프라이오스는 하얀 우주의 의지라는 존재에 대해 이야기하려다가 그만두었다.

'아직은 안 되지.'

그는 다른 이야기를 꺼내기로 했다.

"사이악스여. 아네라라는 종족에 대해 알고 있나?"

"처음 듣네만?"

"그들이 나의 어린 동포들을 해쳤다네. 그래서 그들을 멸종시킬 생각이었지."

그러자 사이악스가 한숨 소리를 내며 팔짱을 꼈다.

"항상 이야기하지만 자네는 거짓말에 소질이 없다네."

"그렇지."

프라이오스는 고개를 끄덕여 상대의 지적을 인정했다.

"프라임들을 모으고 회의를 하세, 사이악스여. 할 이야기가 아주 많군. 주인께는 내가 건의하겠네."

"이번에는 대단히 즐거운 만남이 되겠군."

사이악스는 팔짱을 풀려다 말고 다시 프라이오스를 봤다.

"자네가 자네 경작지까지 가려면 얼마나 걸릴 것 같나?"

"오래 걸리겠지. 그러고 보니 아네라가 사냥꾼과 비슷한 방법으로 이동하더군. 그 기술을 빼앗으면 좋을 것 같은데, 어떤가?"

프라이오스는 사이악스가 흥미를 가질 만한 소재를 꺼내 봤다.

"아주 흥미롭군."

사이악스는 상대의 의도를 이해하고 어울려주었다.

"그럼 회의 때 보세."

작별인사를 한 프라이오스는 혜성처럼 빛을 뿌리며 자신의 자리로 돌아가는 여행길에 올랐다.

그리고 한참의 시간이 흘렀다.

우연인지, 아니면 누군가가 만들어낸 필연인지 프라이오스는 그날 굉장히 이질적인 존재와 마주하고 있었다.

"프라이오스라고 한다. 리오 스나이퍼여."

"후, 만나서 반갑군."

그의 태도에 프라이오스의 가면에서 황금색의 빛이 쏟아졌다.

"과연, 사이악스의 말대로 배짱 하나는 비정상적인 놈이군. 하지만 적대감도 없는 상대에게 모든 것을 내던지는 듯한 태도는 삼가라."

"무슨 의미지?"

"목숨을 소중히 하라는 뜻이다."

프라이오스는 리오를 침대 위에 다시 내려놓았다.

"친절하시군. 혹시 나한테 빚진 거라도 있나?"

왠지 자신이 멋있어 보이지 않느냐는 말을 상대에게 무심코 던질 뻔했던 프라이오스는 마음속으로 웃었다.

"자신을 아끼는 것은 살아 있는 자의 기본이 아닌가?"

그는 지금 돌아가는 상황을 이해하지 못하겠다는 상대의 표정을 보며 과거의 자신을 떠올렸다.

'그때 나도 저런 꼴이었겠군.'

프라이오스는 자신의 모습을 제대로 인식하지 못하고 있는 상대에게 다시 손을 내밀었다.

"시신경의 복구가 아직 덜됐나 보군. 내가 만져주지."

황색의 빛이 프라이오스의 손을 떠나 리오의 얼굴에 쏟

아졌다.

'이제야 당신의 뜻을 이해했습니다, 주인이시여.'

아직 멀었다는 속삭임이 프라이오스의 감각을 자극했다.


*　　　*　　　*


그는 자신이 왜 지금 이런 일을 하고 있는지 궁금했다.

'나는 왜 여기서 사소한 짓을 하고 있는 것인가?'

하고 있는 일 자체는 어렵지 않았다. 중요한 것은 이유였
다.

고민 속에 그의 작업은 마무리되었다.

"이제 나와 이야기를 할 수 있을 것이다. 작은 존재여."

그는 자신이 오랜 시간 공들여서 조립한 존재에게 말을
걸었다.

하지만 그 존재는 말을 하지 않았다. 상대가 누구인지 몰
라서, 혹은 두려워서 그런 것은 아니었다.

자신의 곁에 아무도, 어느 것도 없다는 것을 인지했기 때
문이다.

"다 잃어버렸군요. 꿈이 아니었어요."

그 존재가 겨우 입을 열고 목소리를 냈다.

"나 역시 혼자란다. 아니, 지금은 너와 함께 있구나. 신기

하군. 내가 그동안 고독했다는 사실을 이제야 깨닫게 되는 구나."

그가 쓸쓸한 웃음소리를 섞어 말했다.

"아, 그래. 느껴지는구나. 내가 왜 이곳에 왔는지, 어째서 너를 다시 조립했는지 알 것 같구나."

그가 힘차게 고개를 끄덕거렸다.

"소원을 말해라, 작은 존재여. 너의 소원은 나에게 큰 영광이 될 것이야."

그의 말에 응하듯, 그 존재가 자신의 소원을 조그맣게 말했다.

소원을 들은 그는 한숨을 쉬었다.

"원한이 느껴지는 소원이구나. 그렇다면 그에 합당한 '공물'이 필요하겠군. 하지만 조달하는 것은 아주 간단한 일이니 걱정하지 마라."

"정말 가능한가요?"

"물론이지. 하지만 넌 네 소원보다 훨씬 더 대단한 일을 하게 될 거다."

"어째서요?"

"나도 잘 모르겠구나, 작은 존재여. 하지만 네가 나를 다시 만나게 되는 날이 오면 너도, 그리고 나도 그것이 무엇인지 알게 되겠지."

그는 잠깐 동안 침묵했다.

"예상이지만 그때는 정말로 위험한 상황일 것이야."

"그럼 저는 또다시 모든 것을 잃게 되는 건가요?"

"아니, 그렇지 않단다."

그가 손을 내밀어 작은 존재의 손을 부드럽게 감싸 잡았다.

그는 자신의 손에 전해지는 다른 이의 체온이 낯설었다. 그리고 그것이 그렇게 반가울 수가 없었다.

"작은 존재여, 나는 그리 약하지 않단다. 충분히 도움이 될 것이야."

그의 목소리에는 기대감이 가득했다.

# CHAPTER 96
긍정

GodsKnight R

아테나는 자신이 잠들었다는 사실을 뒤늦게 깨달았다.

'어째서……?'

그녀는 수면을 취할 필요가 없었다. 그녀가 자신의 일행들과 함께 다닐 때 잠을 잔 이유는 분위기상의 문제였을 뿐이었다.

그러나 24시간에 한 번씩 사냥꾼들이 나타나는 현재, 그녀는 피엘 플레포스에게서 지노그를 강탈한 이후 지금껏 한 번도 잠든 적이 없었다.

그러나 방금 그녀는 잠을 자고 말았다.

그 시간은 불과 몇 분에 불과했지만 만약 그 사이 사냥꾼이 나타나 기습을 했다면 그녀라 해도 대처할 도리가 없었을 만큼 위험한 순간이었다.

그녀를 습격하고 있는 사냥꾼들은 현재 초중량급으로 고정되어 있었다.

그들의 능력은 그냥 서 있는 것만으로 1시간 내에 행성 하나의 모든 법칙, 간추리자면 행성을 포함한 물질의 결합 구조를 모조리 붕괴시킬 수 있을 만큼 강력했다.

다행인지, 아니면 계획의 일부인지 아테나를 습격하는 개체 수는 24시간에 한 개체뿐이었으며 아테나가 그들을 퇴치하는데 걸리는 시간은 지속적으로 단축되고 있었다.

아테나를 불안하게 하는 것은 그들이 정말 자신을 노리고 있는지 명확하지 않다는 점이었다.

격퇴 시간이 10초 이하로 단축된 지금, 이제는 사냥꾼들이 그녀를 노린다는 말보다는 귀찮게 한다는 말이 더 진실에 가까웠다.

아테나는 그들이 만에 하나 치명적인 물량으로 자신을 밀어붙일 경우 1시간 이상을 버틸 자신이 없었다.

그 이상을 버티기 위해서 그만큼의 동력이 필요한데, 그녀가 만약 지금 상태로 1시간 이상 싸울 경우 이 행성을 살아 있게 해주는 힘이자 그녀의 가장 큰 동력원인 태양이 전부 그녀에게 섭취되어 소진되는 치명적인 상황이 벌어질 수 있었다.

만약 아테나가 주신계와 선신계, 악신계에 각각 존재하는 영구광원이자 주 동력원인 '영원의 빛'을 끌어다 쓸 수 있다면 문제없겠지만 사냥꾼들이 만약 작정을 한다면 그것을 그냥 두고 볼 리가 없었다.

어쨌거나 24시간에 1개체라는 그 알 수 없는 룰은 그녀를 초조하게 만들 만큼 꾸준히 유지되었다.

그런 와중에 몇 분 동안 그녀가 정신없이 잠을 잔 것은 괴이한 일이자 아슬아슬한 순간이었다.

그녀는 손으로 앞머리를 걷어낸 뒤 자신의 이마 오른쪽을 손바닥으로 누르며 눈을 감았다.

'나는 꿈을 꾼 것인가? 꿈이 아니라면 대체 무엇인가?'

그녀는 자신이 잠들었을 때 봤던 것을 다시 떠올리려 했지만 그 수많은 불확실성 정보 중에 기억나는 것은 단 하나, 두 개의 이질적인 존재가 확인불명의 공감을 했다는 사실뿐이었다.

'이 아테나가 환각을 느낄 리가 없지. 사냥꾼들에 의해 이 행성과 그 주변, 아니 하이볼크의 영역 전체가 영향을 받은 탓인가? 그로 인해 나에게 무엇인가가 전해졌단 말인가?'

그녀는 손을 내리고 다시 눈을 떴다.

'그것이 미지의 잔류의지라면 다행이겠지만 누군가가 나를 노리고 간섭해 온 것이라면 나의 존재는 이미 산화됐을 것이야.'

지금은 밤이었다. 그리고 건물 안에 있었기에 달빛은 닿지 않았다. 그 어둠 속에서 아테나의 올리브색 눈동자가 반딧불처럼 은은하게 발광했다.

'불길하군. 반가운 소식을 들은 날인데······.'

비록 쉬프터들에게 들은 이야기이긴 하지만 리오가 무사하다는 소식은 그녀를 기쁘게 했다. 성계신이 떠난 탓에 서서히 죽어가던 행성 전체가 그녀의 감정에 응하여 폭발적인 활기를 얻을 정도였다.

'집중하라, 아테나여.'

그녀는 자기 자신을 꾸짖으며 눈을 부릅떴다.

그녀의 눈에 들어온 것은 앞에 놓여 있는 침대였다.

침대의 안쪽은 붉은색의 고급스런 장막으로 가려져 있었으나 아테나는 문제없이 투시할 수 있었다.

침대 안에는 왼손 엄지를 입에 문 채 아기처럼 웅크리고 누워 있는 하이엘바인이 있었다.

아테나는 리오가 피엘의 공격을 받아 시공간의 균열 속으로 빨려 들어간 이후 퇴행되어버린 그녀의 상태를 걱정했다.

이제는 사라진 세계의 잔재라는 공통점 때문인지 하이엘바인과 아테나는 금방 친해졌고 서로를 소중한 존재로서 인식하게 됐다.

'나의 친구, 하이엘바인님이시여. 다시금 그대를 보며 맹세하리다. 당신의 전우이자 나의 주인이신 그분을 반드시 우리의 곁으로 모시겠소. 어떠한 대가를 치르더라도 말이오.'

맹세를 한 그녀는 왼쪽으로 눈을 돌렸다.

키르히가 그녀의 시선이 닿아 있는 문을 열고 방 안으로 터벅터벅 들어왔다.

"역시 안 주무시네요?"

"잠을 잘 상황은 아니지 않나?"

"뭐, 그렇죠."

아테나는 노크는 물론이고 자신의 허락도 없이 들어와 곁에 앉는 그 청년을 그저 바라보기만 할 뿐, 평소처럼 꾸짖지 않았다.

그녀는 어깨를 늘어트린 채 고개마저 잔뜩 숙인 그 청년의 갈색머리를 손으로 만져주었다.

"몇 번이나 말했지 않느냐? 네가 그리 힘없는 모습을 보이면 나마저도 지친단다."

"거짓말 마세요."

"기분이 그렇다는 것이다."

아테나는 키르히를 끌어당겨 자신의 왼쪽 어깨에 머리를 대도록 했다.

"저기요."

"음, 말하려무나."

"아프거든요?"

키르히의 입장에서 아테나의 어깨는 여성의 부드러운 살 갖이 아니라 돌덩어리 이상의 강도를 가진 물질이었다.

"미안하구나."

허탈하게 웃은 아테나는 자신의 육체구성을 바꿨다. 키르히는 그 후에야 비로소 부드러움을 느낄 수 있었다.

"여자한테 기댄 기억이 거의 없는 거 같은데, 싫진 않네요."

"신에게 기댄 것이다. 인간으로서는 쉽게 누릴 수 없는 영광이지."

키르히는 자신의 친구이자 자기 세계의 신인 카샤와 물고 뜯고 싸웠다는 얘기를 하려다 말았다.

애초에 그럴 기분도 아니었다.

"제가 할 수 있는 일이 뭐가 있는지 말씀 좀 해주실래요?"

아테나는 그가 그런 말을 꺼낼 것이라 예상하고 있었다. 그녀가 최근 키르히에게서 느낀 감정은 절망과 공포뿐이었다.

처음 만났을 때, 하이엘바인을 일방적으로 두드리던 자신에게 겁 없이 칼을 들이밀었던 그때의 패기는 한 줌도 남아 있지 않았다.

"사이악스인가 하는 놈은 아예 감이 안 잡혀서 무섭지 않았는데, 사냥꾼들은 어찌할 바를 모르겠더라고요. 이제 와서 생각해 보니 제가 살던 세계를 한 번 뒤집으려 했던 녀석조차도 그 돌덩어리 괴물들에 비하면 장난이었던 것 같아요."

아테나는 자신에게 기댄 젊은이에게 기운을 북돋아줄 수 있는 가장 좋은 방법을 알고 있었다.

전투에 부정적인 영향을 끼칠 수 있는 감정을 골라서 지워버리면 그만이었다. 그리고 그것은 아테나가 언제든지 할 수 있는 일이었다.

그러나 그녀는 그것이 옳지 않은 일이라는 것도 알고 있었다.

"그래서 내가 꾸준히 너를 가르쳐 주고 있지 않느냐?"

"가르쳐 주실수록 놈들이 얼마나 강한지만 알게 된다고요!"

초중량급 정도의 사냥꾼이 나타날 때 붕괴되는 것은 세상을 세상처럼 꾸며주는 법칙과 형태만이 아니었다. 그들의 존재는 그 아래에서 살아가는 모든 생명체들의 정신과 신체도 붕괴시킨다.

그들은 그저 나타나는 것만으로도 멸망을 직감하게 만들어주는 이질적인, 아니 모든 것을 배척하는 존재들이었다.

쉬프터마저도 사냥꾼과 마주치면 냉정하게 포기를 택하는데, 불과 몇 달 전까지 인간과 초인의 영역에 걸쳐져 있던 키르히가 절망하는 것은 아주 당연한 일이었다.

"그런 말을 들으니 주인님이 생각나는구나."

키르히가 아테나의 어깨에서 머리를 떼고 그녀를 봤다.

"선생이요? 왜요?"

"넌 나와 그분의 전투를 목격하지 않았느냐?"

"아뇨."

리오와 아테나가 싸우고 있을 때 그는 기절하여 일어나지 못하고 있던 상태였다.

"나중에 교신기를 통해서 보긴 했죠. 살벌하던데요."

"그래, 지금 생각해도 소름이 끼치는 전투였지. 하지만 그 싸움은… 사실 객관적인 능력으로 따졌을 때 주인님은 나를 이길 수 있는 존재가 아니었단다."

"그래요?"

"힘의 차이는 명확했지. 주인님도 그 현실을 아셨을 것이야. 그러나 주인님의 기세에는 변함이 없었단다. 계산된 냉정함도 아니고 광기에 젖은 만용도 아니어서 더욱 놀랐지."

아테나는 눈을 감고 그때를 회상했다.

"그분은 사용 후의 결과를 알 수 없는 미지의 수단들만을 가진 채 신에게 도전하신 것이야. 잠시 그분께 실례를 하겠다만, 그러한 집념을 지닌 피조물은 처음이었단다. 그리고 그 집념이 신의 권능을 넘어선 기적을 일으켰다고 봐야겠지."

서로의 모든 것을 걸었던 사투를 이야기하고 있는 상황이었는데도 아테나의 표정은 즐거움으로 인해 후광이 보일 정도였다.

'나까지 기분이 좋아지네.'

그것이 아테나의 능력 때문임을 알면서도 키르히는 자신을 억누르던 감정들이 조금이나마 가벼워진 느낌을 받았다.

'생각해 보니 선생이 그랬지.'

키르히는 당시의 전투 이후 리오가 자신의 입으로 아테나를 다시 이길 보장이 없다고 털어놓은 것을 똑똑히 기억하고 있었다.

'아무리 그래도 그렇지, 일단 저지르고 보는 사람치고는

너무 터무니없잖아?'

그리고 결과물 역시 좋다고는 볼 수 없었다.

연속되는 사건들을 통해 직간접적으로 목숨을 구한 사람들은 많았지만 그 뒤로 벌어지는 일들의 크기는 커질 대로 커졌다.

리오 자신은 쉬프터들의 본거지에 잡혀 있는 상황이고 그 외의 일행들은 초중량급 사냥꾼과 매일 한 번씩 만나고 있는 중이었다.

"너는 구해야 하는 존재와 되살려야 하는 고향이 있다고 항상 말했단다. 하지만 최근에는 네 자신조차도 그 각오를 잊어버린 것 같더구나."

"감이 안 잡히거든요."

"그렇겠지. 나 역시 그러하니까."

아테나는 다시 손을 올려 키르히의 머리를 만졌다.

"만약 너에게 좋은 쪽으로 결과가 이어지고 고향으로 돌아갈 수 있게 된다면 이곳에서 있었던 일과 네가 가졌던 힘 전부를 버리려무나. 그 정도는 내가 얼마든지 해줄 수 있단다."

"다 잘 되면 좀 아까울 것 같은데요?"

"아까운 것은 새로이 갖게 된 힘인 것이냐, 아니면 이곳에서의 추억인 것이냐?"

"둘 다죠."

키르히는 곁에 있는 '신'에게 거짓말을 해봤자 꾸중만 듣는다는 사실을 잘 알고 있었다.

"그렇다면 너는 주인님과 같은 길을 걷게 될 것이야. 그러나 주인님과는 달리 결국에는 자멸하고 말겠지."

"예?"

키르히는 자신의 머리카락 사이에서 움직이는 아테나의 손가락을 무시할 만큼 강한 의문을 가졌다. 그만큼 자존심도 상해버린 것이다.

"단순히 늙지 않고 죽지 않는 것이 문제가 아니란다. 아무런 성취감을 느끼지 못한 채 살아갈 수 있어야만 그분처럼 존재할 수 있지."

"무슨 말씀이에요?"

키르히는 아테나의 말을 당장 이해할 수가 없었다.

"인간이 아니어야 한다는 뜻이다. 감정마저도 말이야."

아테나가 숨을 들이마셨다. 굳이 그럴 필요는 없었지만 그 움직임은 키르히를 긴장시켰다.

"막연한 감정을 희미하게 손에 쥐고 영원히 명령에 따르는 자들. 그 일곱 명의 존재들을 지탱해 주는 것은 하이볼크가 의도적으로 허락한 각자의 신념이었단다. 그들 중에 한 명이 바로 주인님이었지."

"……."

"주인님과 지금 밖에 있는 지크 스나이퍼에게는 공통점
이 있단다. 다른 이들과의 만남을 그리 즐기지 않았지. 헤
어질 뿐이라는 것을 너무 잘 아니까. 넌 맨정신으로, 결정
권을 박탈당한 채 수천 년 동안 만남과 이별이라는 소중한
과정을 반복할 수 있느냐?"

"……."

"인간, 더 넓게 지식을 가질 수 있는 모든 생물들은 욕구
로 시작해서 욕구로 끝나는 존재지. 의, 식, 주, 그리고 번식
에 대한 욕구를 포함한 모든 탐욕들이야말로 그들의 존재
목적 그 자체란다. 신들이 왜 그러한 분쟁요소를 그들에게
심었는지 너는 아느냐?"

키르히는 대답대신 아테나에게 시선을 고정한 채 고개를
가로저었다.

"그들의 욕구는 여러 가지 상황으로 인해 제한을 받게 된
단다. 신분, 재물, 성별, 그리고 수명 등등. 그들은 어떻게
든 자신들에게 걸린 제한을 초월하여 욕구를 충족시키기
위해 공통적인 마음을 갖고 만단다. 그것이 바로 신앙심이
야. 그 신앙심이야말로 신의 격을 높이는 힘이지."

"아……."

키르히는 규칙을 어기고 신앙심을 얻어 자신들의 격을

올리려고 했던 신들과 마주쳤고 그들의 최후를 봤다.

"하이볼크의 세계와는 달리 내가 살던 시대에는 신들이 앞다퉈 자신들을 추앙하는 신전과 우상, 축제 등으로 인간들을 부추겼단다. 재해를 이용하여 인간들을 협박하기도 했지."

"그래요?"

"그들은 어떤 마을이나 도시에게 공물을 바치지 않으면 태풍이나 해일 등의 재해를 일으키겠다고 겁을 주었단다. 정작 신들에겐 그런 공물, 예를 들어 인간 여성이나 가축의 시체 등은 쓸모가 없는데 말이지. 술 정도는 취미로 즐겼을지 모르겠구나."

아테나가 이어서 빙긋 웃었다.

"덕분에 내가 수호했던 도시인 아테네로 이주해 오는 사람들이 많았지. 도시를 묵묵히 지켜주기만 해도 안에서 살아가는 이들이 알아서 축제를 열고 존경을 보내주는데, 다들 너무 지나쳤어."

아테나의 미소가 다시 잦아들었다.

"그때 내가 본 신들의 행동은… 그래, 지금 생각해 보자면 쉬프터와 다를 바가 없었구나."

그녀는 한숨으로 자신의 이야기를 마무리 지었다.

"하이볼크는 의도적으로 그 모든 것들을 금지시켰지. 더불어 모든 것을 기억하고 살아가야만 하는 피엘 플레포스와 달리 그 이후 만든 일곱 명에게는 인간성을 빼앗았단다. 의도가 섞인 행동임에는 알겠지만 불쾌하구나."

"선생이 그 안에 끼어 있으니까 그러시겠죠?"

키르히가 지적했다.

"네 이야기로 돌아가자꾸나."

키르히의 뒷머리에 파묻힌 아테나의 손이 다시 움직였다.

"키르히 펙터여. 네가 좌절하고 있는 이유는 네가 바라는 것을 이룰 수 없다고 확신해버렸기 때문일 것이야."

사이악스가 키르히에게 직접 한 약속은 사냥꾼이 아니라 퀸 클래스에게 승리하라는 것이었다.

그러나 퀸 클래스라고 해서 손에 닿을까 말까 하는 위치에 걸린 과일이 아니었다. 그들은 키르히를 질리게 만든 사냥꾼들과 영겁의 세월동안 싸우거나 혹은 도망치면서 어떻게든 생존해 온, 범접하기 힘든 존재들이었다.

"사이악스라는 녀석이 약속을 지키기는 할까요?"

"그것이 걱정이라면 내가 그를 대신하며 보장하마."

아테나가 확언했다.

"그가 너를 우롱할 만큼 작은 존재였다면 이 세상이 미심쩍다는 판단을 하는 순간 모든 것을 날려 버렸을 것이야.

그러나 그러지 않았지. 아마도 그의 약속은 퀸 클래스라는 존재에 대한 믿음과 네가 언젠가는 스스로 좌절할 것이라는 계산 하에 내놓은 말일 것이야."

스스로 좌절할 것이다. 그 말이 꺼져가던 키르히의 자존심을 건드렸다.

그러나 키르히는 화를 내지 못했다. 이미 그렇게 되어버렸기 때문이다.

"내가 수없이 많은 영웅들을 만났던 것처럼 사이악스 역시 너와 같은 존재를 많이 만났거나 지켜봤을 것이야. 그들이 가진 용기와 희망을 희롱하는 방법도 잘 알겠지."

"……"

"내가 느끼기에, 쉬프터들은 자신들의 존재가 폭로되는 것을 가장 걱정했던 것 같더구나. 그런 일이 벌어졌음에도 불구하고 사이악스는 우리들을 계속 지켜봤단다. 그는 이 희귀한 경우를 즐기느라 정신이 없었지. 드래고니스에서 다시 만났을 때 그것을 확신했단다. 아마 내가 그의 창조주였다면 그를 최고의 문제아로 찍었겠지."

사이악스의 모습을 눈에 담는 것도 힘들었던 키르히는 그 부분에서 다시금 아테나에게 존경심을 가졌다.

"도중에 말이 길어졌다만, 그만두고 싶을 때 그만두는 것도 괜찮단다."

키르히가 움찔했다.

"화가 나느냐? 하지만 네가 그만두어야만 너도, 네가 있던 세계에 살고 있던 자들도, 그리고 네가 구하려는 존재도 비로소 편히 쉴 수 있단다."

"그건 포기잖아요?"

키르히가 아테나로부터 머리를 떼며 소리쳤다.

"이곳에 들어올 때까지만 해도 넋이 빠져 있던 주제에 겨우 그런 말을 들었다고 해서 이 아테나에게 목소리를 높이는구나. 다시 사냥꾼과 마주치면 식어버릴 텐데 말이지."

"으......!"

키르히는 아테나의 말을 부정할 수가 없었다.

"어떻게든 되겠죠, 뭐!"

하이엘바인이 깨어나든 말든 소리를 버럭 지른 키르히는 그대로 건물을 뛰쳐나갔다.

다행히 하이엘바인은 깨어나지 않았고 아테나는 다시 혼자가 됐다.

"미안하구나, 키르히 펙터여. 사실 좌절한 것은 이 아테나란다."

그녀의 목소리가 급속히 우울해졌다.

"내가 소원하는 것은 주인님을 다시 만나는 것이란다. 그리고 이후를 생각해 본 적이 없구나. 아니, 떠오르지 않는 다고 해야 옳겠지. 쉬프터와 사냥꾼들의 분쟁에서 우리들 의 나약한 힘이 과연 무슨 의미가 있을까?"

아테나의 눈이 신기를 잃고 평범한 인간의 눈처럼 어둠 을 받아들였다.

"네가 네 능력을 차츰 깨달아가는 모습을 지켜볼 때는 정 말 즐거웠단다. 그리고 모든 이들과 함께 했던 짧은 여행은 아무리 되짚어 봐도 즐겁구나."

마치 졸듯, 그녀의 눈이 차츰 감겼다.

"넌 아마 네 소원을 이룰 수 있을 것이야. 네 소질을 믿으 렴. 난 너에게 주어진 그 굉장한 소질이 부럽구나, 키르히 야."

유언을 하듯 중얼거린 그녀의 눈이 조금 뒤 완전히 감겼 다.

침대 위에서 숨이라도 쉬는 하이엘바인과 달리 아테나는 석상처럼 차가워졌다.

그런 그녀의 곁에 누군가가 앉았다.

다시 눈을 부릅뜬 아테나의 모든 감각이 그렇게 말하고 있었다.

그러나 그녀에겐 아무것도 보이지 않았다.

"당신은 굉장하군요. 키르히 펙터에게 주어진 소질을 언제 알아봤나요?"

그러나 목소리는 확실히 들려왔다.

만약 일행 중에 다른 어떤 이가 아테나의 곁에 앉듯이 나타난 그 존재를 감지하고 목소리를 들었다면 당황한 나머지 뭔가 일을 저질렀을지도 모른다.

하지만 어둠에 저항하는 올리브색 눈빛을 되찾은 아테나는 비록 보이지 않지만 느껴지는 그대로를 응시하며 환멸에 찬 표정을 지었다.

"당신에겐 이 모든 일이 유희에 불과합니까?"

"아, 제가 너무 성급했군요. 인사를 먼저 해야 하는데 말이죠."

"앞서 사과하실 일이 더 있지 않습니까?"

아테나는 그 보이지 않는 상대를 명확히 주시했다.

성명이나 성별은 문제가 아니었다. 현재는 알 도리도 없거니와 그러한 구별방식은 시각이나 후각, 청각 정도로 상대를 구분해야 하는 동물들에게나 의미가 있었다.

상대에게서 전투와 관련된 능력은 전혀 감지되지 않았다. 그러나 안심할 수도 없는 것이, 상대의 능력은 아테나의 감각 범위를 확실히 초월하고 있었다.

초월적인 것은 프라임들도 마찬가지였지만 지금 아테나의 곁에 있는 상대는 그보다 더 원초적이었고 또한 더욱 어두웠다.

그렇게 판단하는 한편으로, 아테나의 서러움은 식을 줄을 몰랐다.

상대가 누구인지 알기 때문이었다.

"당신과 같은 경이의 존재가 어째서 이 세계에 간섭하신 겁니까? 저와 제 친구들은 이 폭로된 세계에서 절망하고 있습니다! 이유를 듣고 싶습니다! 말씀해 주십시오!"

아테나가 바라보는 공간의 중앙에서 황색의 빛이 일어났다.

"폭로라……. 적당한 비유로군요."

그 빛이 길게 늘어나, 마치 손처럼 아테나의 머리카락을 만져주었다.

"제가 어떠한 존재인지 알고 있나요?"

아테나는 그 빛을 거부하듯 손으로 붙들었다.

"프라임 사이악스와 그 이하의 존재들은 근본이 다릅니다. 일반 쉬프터는 생물의 범주에 가까스로 걸쳐진 존재들이지만 사이악스는, 프라임들은 그렇지 않지요."

"어떻게 다른가요?"

"프라임들의 실체는 이 세상에 존재하지 않습니다."

아테나가 단언한 뒤 긴 침묵이 흘렀다.

"그런가요?"

아테나는 자신을 놀리듯 모른척하는 상대가 미웠다.

"쉬프터들이 초중량급이라 부르는 사냥꾼을 예로 들지요. 그들이 한 번 자리 잡은 공간과 접촉한 물질은 창조주가 정한 규칙, 혹은 쉬프터가 경작지에 적용한 규칙을 넘어서는 그들의 힘에 의해 직간접적인 타격을 받아 결합구조가 와해됩니다."

그렇기 때문에 아테나는 그보다 더 강력한 사냥꾼이 나타났을 때 벌어질 일들이나 대응방법을 상상해 본 적이 없었다. 무의미하기 때문이었다.

"그러나 그보다 더 강력한 존재임이 분명한 프라임을 품을 수 있는 물질이나 공간이 과연 존재하는지요? 저는 없다고 봅니다."

"흠, 그렇다면 프라임들이 당신에게, 그리고 주변의 모든 존재들에게 실력을 행사할 수 있는 이유는 무엇일까요?"

대답하기 전, 아테나는 자신이 쥐고 있는 황색의 빛을 풀어주었다.

"신들은 본래 실체가 없는 존재입니다. 마음먹기에 따라 잡초의 모습을 한 채로도 그 힘을 충분히 발휘할 수 있지요. 그와 마찬가지로 끝을 알 수 없는, 어찌 보면 우주 그 자체일 수도 있는 막대한 힘의 '소망'이 프라임이라는 형태로 구현됐을 겁니다."

"소망이 개성을 가지고 온갖 힘을 행사하는 것이 어떻게 가능할까요?"

"인간을 비롯한 지적 생명체들은 정신능력의 한계로 인해 자신이 원하는 것을 현실로 바꿀 수가 없습니다. 그러나 신은 이른바 '기적'이라는 이름으로 현실화할 수 있지요. 그 신조차 아득히 초월한 능력을 가진 존재라면 프라임이라는 강력한 소망에게도 뚜렷한 개성을 부여할 수 있겠지요."

"흠, 그리고요?"

"프라임들이 가진 힘의 성질은 지금 저와 접촉하고 있는 당신과 동일합니다."

잠깐의 침묵 후, 황색의 빛이 아테나의 어깨를 토닥거렸다.

"그 사실을 언제, 어떻게 알게 됐나요?"

진지한 추궁이 아니라 어린아이의 그것에 가까운 순수한 질문이었다.

아테나는 그 질문에 대한 대답을 아주 길고 자세하게 해주기로 마음먹었다. 자신을 좌절시킨 '진실'의 이유가 궁금했기 때문이다.

*     *     *

아테나가 대답을 하기 위해서는 과거의 일부터 이야기할 필요가 있었다.

그녀가 그 미지의 존재를 만나기 한참 전.

정확한 시점은 사냥꾼들의 습격이 시작된 이후 9일이 지난 뒤였다.

사냥꾼에 의해 엉망이 된 행성을 단시간에 진정시킨 아테나는 자신의 곁에서 물을 마시고 있는 지크를 물끄러미 바라봤다.

하이볼크에 대한 분노로 모든 것을 밀어버릴 기세였던 그녀의 모습은 이제 어디에도 없었다.

며칠 전 아테나가 하이볼크를 직접 만났을 때 느낀 것은 너무 억눌려 변질되다 못해 두려움으로 변해버린 하이볼크의 인내심이었다.

당시 그녀는 직감적으로 하이볼크가 뭔가 엄청난 사실을 알고 있으며 그에 대해 오랜 고민을 했고 그것을 어떻게든 자신에게 전달하려고 했음을 깨달았다.

이후 아테나는 사냥꾼들을 꾸준히 상대하는 와중에도 지금까지 발생했던 모든 사건들을 되짚으며 하이볼크가 직접 전하지 못했던 그 모든 것들을, 아니 하이볼크조차 모를 수도 있는 진실을 탐구했다.

하이엘바인이 정신적 공황상태에 빠져 있는 탓에 그녀의 추궁대상 1호는 아레스였다. 루이체와 쑤밍, 바이칼, 카이리 블랙테일 역시 아테나의 추궁에 힘든 시간을 보냈다.

그리고 그녀의 탐구는 여전히 현재진행형이었다.

"부럽군."

아테나의 뜬금없는 말에 지크는 물병의 주둥이에 입을 댄 채로 그녀를 응시했다.

"목마르세요?"

"아니, 자네의 갑옷이 가진 그 방어력 말일세."

아테나는 오딘에 의해 강화된 시류지 변환갑의 방어능력에 감탄하고 있었다.

초중량급 사냥꾼의 주먹에 실린 힘은 단순 물리력으로 극초단파를 일으켜 대륙의 지각을 노출시킬 수 있는 수준이었다.

그런데 지크는, 정확히는 지크의 갑옷은 그러한 공격을 정면으로 얻어맞아도 깨지기는커녕 광택조차 죽지 않았다. 더불어 지크 자신도 충격을 입지 않았다.

"그 갑옷의 물리적 방어능력은 내가 입고 있는 갑옷을 완전히 초월하고 있다네. 하이엘바인님이 사용하시는 갑옷도 능가할 것이야."

지크는 물병을 내리며 지평선 쪽을 봤다. 허리 위쪽이 뜯기듯 사라진 초중량급 사냥꾼의 거체가 분해되는 모습이 그의 마음을 불편하게 했다.

"놈들을 저렇게 간단히 처치하시는 분께서 뭘 그렇게 부러워하세요?"

그가 투덜거리자 아테나가 한숨을 쉬었다.

"지금까지 나와 자네가 두 개체 이상의… 그래, 초중량급 사냥꾼이라는 존재를 그만큼 상대한 일이 있던가?"

초중량급은 한 번에 두 개체 이상 나타난 일이 없었다.

공격은 24시간에 한 번이었고 기습을 하지도 않았다. 그들은 항상 당당히 모습을 드러내어 모든 이들에게 공포를 부여했다.

입고 있는 은색의 갑옷, 에릭토니우스 기어를 해제하지 않은 아테나는 오른손에 든 지노그를 손가락으로 빙빙 돌렸다.

그 무기는 피엘이 사용할 때보다 훨씬 강화되어 있었다.

지크의 예상이 아니었다. 시류지 변환갑이 숫자를 통하여 알려준 '사실'이었다. 더불어 강화의 상승곡선은 아테나의 힘이 증가하는 추세와 일치했다.

오딘이 만든 궁니르가 어느 정도의 수치를 가진 무기인
지는 현재 존재하지 않아서 알 수 없었지만 지노그가 그에
버금가는 무기라고 봤을 때 완성도 면에서는 지노그가 훨
씬 위였다.

소유자의 제어를 결코 벗어나지 않는 그 세련됨은 무기
라기보다 예술품에 가까웠다. 실제로 아테나가 무엇인가를
베거나 파괴하는 것을 원하지 않을 경우 지노그의 창날은
장식품보다도 무뎠다.

'제우스라는 신이 저런 걸 직접 만들 만큼 대단한 존재였
나?'

지크가 그런 생각을 한 이유는 하이볼크가 자신들에게
지급해준 무기들이 떠올라서였다.

지금 그가 소유한 무기인 무명도는 본래 제작자가 하이
볼크지만 현 상황에서 쓸 수 있을 만큼 강화시켜준 자는 오
딘이었다.

리오의 디바이너 역시 오딘의 손을 거친 이후에야 사냥
꾼들을 물리적으로 두드릴 수 있는 무기가 되었다.

'혹시 하이볼크 할아범은 무기 만드는 재능이 형편없는
신인가?'

고민에 빠진 지크는 고개를 옆으로 기울였다.

그가 대놓고 딴생각을 하면서 보이는 행동은 방금 전 사

냥꾼에 대한 질문을 건넸던 아테나의 분노를 샀다.

"고민이 있나보군."

"조금요."

그는 아테나의 질문을 완전히 잊고 있었다.

"자네가 인내심을 발휘해 준다면 그 고민을 이 아테나가 풀어주겠네."

"어떻게요?"

"이 손으로 자네의 뇌를 직접 만지면 하이볼크가 자네들에게 걸어둔 정신방벽도 소용없지. 자네는 두개골이 열리는 고통만 참으면 된다네."

투구의 그늘 속에서 빛나는 아테나의 눈빛은 지크의 얼굴을 파랗게 만들었다.

"아, 그렇죠! 두 놈 이상의 사냥꾼을 상대한 일이 없었죠! 맞아요!"

"음, 그렇지."

아테나의 표정이 다시 따뜻해졌다.

"지금도 방심할 수 없는 상황인데 만약 두 개체, 혹은 그 이상의 머릿수가 나타난다면 방어에도 한계가 올 것이네. 그들의 공격수단들이 얼마나 빠르고 효율적이며 치명적인지는 자네도 잘 알지 않나?"

"뼈가 시릴 정도죠."

지크가 사냥꾼들에게 당한 온갖 공격기술 중에서 직접 당해보지 않은 것은 단 하나, 질량을 소멸시켜 버리는 것으로 추정되는 미지의 광선이었다.

사실 그것도 맞을뻔 했지만 아테나가 지노그를 이용한 포격으로 밀쳐 내준 덕분에 적중당하지는 않았다.

대신 적중당한 행성은 그 광선의 규모만큼을 잃고 말았다. 녹거나 파괴당하여 날아간 게 아니라 사냥꾼이 원하는 만큼의 질량이 사라져버린 것이다.

"그래도 아테나님께서 방어에 실패하신 일은 없잖아요?"

"지금까지는 그렇지. 하지만 문제는 내가 아닐세."

지크의 표정이 찌그러졌다.

"뭔데요?"

"방어를 할 때마다 내가 소비하는 힘의 양을 계측한 적이 있나?"

그녀의 질문에 지크는 뒷머리를 긁으며 생각해봤다.

"그러고 보니 그제인가……? 사냥꾼의 주먹을 팔로 막아 내셨을 때 주변이 깜깜해진 적이 있었죠. 정오에 은하수를 본 건 처음이었어요."

"좋은 지적일세."

딱히 지적할 생각이 없었던 지크는 그녀의 칭찬을 듣고 내심 민망했다.

"만약 내가 방심을 하거나 사냥꾼이 내가 모르는 수단을 동원하여 나를 공격한다면 나는 나 자신을 유지하기 위하여 그만한 힘을 소모해야 하네. 소모된 힘을 보충하는 수단은 현재 음식이 아니라 자연 그 자체일세. 태양의 빛은 그중에서 가장 강력한 동력원이지."

그것은 그녀가 대낮에 별들이 보일 정도로 태양광을 흡수하여 힘을 보충했다는 뜻이었다.

"헤에, 지금 추세로 계속 강해지시면 나중에는 알사탕 드시듯이 행성 하나를 식사로 삼으셔야겠네요."

"맞는 말일세."

농담을 했던 지크의 표정이 아테나의 진지함에 압도당했다.

"초중량급 사냥꾼의 저력은 행성 단위를 초월한다네. 그만한 존재가 움직이고, 또 그러한 존재에게 대항하려면 그에 합당한 동력이 필요하지. 지금 난 최대한 효율적으로 힘을 관리하려 하고 있지만 사냥꾼들은 나의 그러한 것조차도 약점으로 인식하여 파고들고 있네."

그녀는 자신의 흉갑을 손으로 덮었다. 덮은 부위가 하필이면 가슴 쪽이어서 지크의 표정이 미묘해졌다.

"좀 더 강력한 무장이 필요할 것 같군."

"차라리 노송나무에서 꽃을 따시죠?"

지크가 피식 웃었다. 지금보다 더 강력한 무장 따위가 어디. 있냐는 뜻이었다.

비웃는 지크의 눈앞에서 소나무 한 그루가 싹을 틔우고 자라나더니 순식간에 거대해지고는 결국 늙고 시들었다.

그 노송의 남은 가지에는 흰색 꽃이 피어 있었다.

아테나가 그 있을 수 없는 꽃을 따서 흔들자 지크의 눈빛이 죽었다.

'그래, 신이셨지.'

지크가 정신을 붙들고 정말 힘들게 미소를 지었다.

"뭐, 말이 그렇다 이거죠. 참고로 리오는 너무 진지하게 사는 여자를 싫어해요. 그래서 피엘 비서관과도 항상 거리가 있었어요."

"그러시군."

아테나가 그렇게 휙 넘겨버리자 다른 반응을 기대했던 지크는 다시 당황했다.

"녀석에게 미움을 사도 괜찮으신가요?"

"그분께서 나를 미워하셔도 어쩔 수 없지. 주인의 기대에 어긋나서 버림을 받는 것 역시 노예의 운명이 아니던가?"

지크는 너무 어이가 없어 화가 치밀었다.

'그놈을 대체 어떻게 찢어 죽여야 되지?'

아테나는 지크가 생생하게 드러내고 있는 질투심을 이해할 수 없었기에 그냥 웃기만 했다.

"아무튼 그만한 무장은 존재한다네. 그리고 그 무장은 원래 나의 것이기도 했지."

"진짜요?"

"아이기스 말일세. 혹시 잊고 있었나?"

"아예 모르죠."

거기서 둘의 대화가 잠깐 끊겼다.

"왜 모른단 말인가? 아이기스는 신화적인 무장일세!"

"전 몇 달 전까지만 해도 아테나님이 어떻게 생기셨는지도 몰랐다고요! 리오 녀석의 노예라고 스스로를 자랑스러워하실 만큼 대단하신 분인 줄도 몰랐고요!"

이야기의 방향이 확 바뀌자 아테나도 당황했다.

"여기서 주인님의 얘기가 왜 나오나?"

"어이없는 일이라 그렇죠!"

"자네가 어이없을 이유가 없지 않나?"

"왜 없어요? 전 그놈에게 여자들이 별 이유 없이 들러붙는 꼴을 무려 수천 년 넘게 봤고 지금도 또 보고 있다고요!"

"흠, 수천 년 동안 남에게 달라붙는 여자만 보고 살아왔단 말이로군."

그 말은 지크의 마음뿐만 아니라 생애 그 자체를 관통하여 바람구멍을 내고 말았다.

아테나는 두 무릎으로 땅을 부수듯 무너져 내리는 한 남자의 모습을 굉장히 신선하게 지켜봤다.

'깨달음을 주는 것도 좋은 일이지.'

너무 관대하게 판단해 버린 아테나는 무너진 지크를 그냥 놔둔 채 이제 거의 사라진 사냥꾼의 잔해를 봤다.

"이제 23시간 정도 여유가 있겠군. 일행을 자네에게 맡기지. 난 아이기스를 되찾으러 가겠네."

"저기, 잠깐만요!"

일행을 맡긴다는 말에 지크의 안색이 다시 변했다.

"저를 너무 믿으시는 거 아닌가요?"

그가 따지자 아테나의 표정이 엄숙해졌다.

"지금 내가 자네에게 심한 말을 하면 나는 농담조차 허용하지 못하는 속 좁은 신이 되겠지?"

"당연하죠."

다시 일어난 지크는 손으로 무릎에 묻은 흙을 툭 털었다.

"문제는 말이죠, 제 목숨으로 놈들을 막을 수 있을지 모르겠다는 거예요."

고글까지 다시 쓴 지크는 진심이었다.

아테나 역시 그가 이러니저러니 말은 많이 해도 할 땐 하는 존재라는 것을 알고 있었다.

"목숨을 불태워 해결할 수 있는 문제라면 자네는 그 선택을 주저하지 않겠지. 하지만 안심하게. 난 군신이기에 미래를 예언하거나 단언할 수는 없지만 자네가 사냥꾼들과 마주쳤을 때 어떠한 모습을 할지는 알 수 있다네."

"헤, 그래요?"

"음."

아테나는 끄덕거렸다.

"웃으며 이길 것이네."

그녀의 말에 지크는 속이 복잡하여 웃지도 못했다.

"그럼 다녀오세요."

"음. 일행을 부탁하네."

아테나의 모습이 지크의 앞에서 사라졌다.

지크는 고글에 눌린 머리카락들을 꺼내고 정돈한 뒤 일행이 있는 방향으로 돌아섰다.

"반드시 이기라고 강요를 하시면 어쩌라고요?"

가볍게 투덜거린 그는 바람에 섞여 모습을 감췄다.

*　　　*　　　*

아이기스가 있는 행성이자 하이엘바인이 리오를 만났던

곳. 로키가 살았었고 렘런트 상태였던 올림포스의 존재들이 한데 모였던 장소.

아테나는 그 땅에 다시 돌아왔다.

그 행성은 처음부터 이상했다. 성계신은 사실상 존재하지 않았고 행성 곳곳에는 일반적인 신들의 범주를 초월한 것들이 묻혀 있었다.

'아틀라스, 아이기스, 오딘의 한쪽 눈, 그리고 하이엘바인님. 멸망하여 사라진 옛 신계들의 잔재가 모두 이곳에 있었지. 하이볼크는 왜 이 행성을 만든 것인가? 그리고 왜 성계신이라는 관리자를 따로 두지 않은 것인가?'

아테나는 수풀이 우거진 땅에 손을 댔다.

'비교적 젊은 행성이야. 하지만 그 젊음에 비해 이 행성이 짊어지고 있던 비밀은 너무 무거웠지. 결국 이곳이 모든 일의 시작지점이 됐어.'

평소라면 아테나는 전투가 끝난 뒤엔 바로 갑옷을 해체하지만 지금은 완전무장을 한 상태였다.

그녀는 어딘가를 향해 손을 내밀고는 이쪽으로 와보라는 듯 손짓했다. 은색의 금속 장갑이 햇빛을 받아 반짝거렸다.

"자네들이 가진 정보가 필요한데, 협조해줄 수 있겠나?"

그러자 그녀의 뒤편에서 감적색의 두건을 눌러쓴 존재가 공간의 틈새에서 모습을 드러냈다.

"내 은폐 정도는 이제 아무것도 아니로군. 난 대체 왜 여기에 있는 걸까?"

짜증이 잔뜩 섞인 여성의 목소리가 두건의 그늘 속에서 흘러나왔다.

"이 아테나의 뒤를 밟은 것은 자네의 의지일세. 쉬프터 아르비스."

"훙."

두건을 걸은 비숍 클래스 쉬프터, 아르비스는 자신의 창백한 백발을 쥐어뜯듯 정돈했다.

"먼저 말하겠는데, 난 이 행성이 싫어."

"자네가 나의 주인을 처음 뵌 장소가 아닌가? 추억의 장소가 싫진 않을 텐데?"

아테나의 미소에는 빈정거림이 섞여 있었다. 리오 일행과 함께 지내면서 그녀가 배운 것 중에 하나였다.

"그놈의 추억, 당장에라도 날려 버리고 싶은 게 내 마음이야! 좋은 느낌이 하나도 없다고!"

아르비스가 분노했다.

"이 쓰레기 처리장 같은 곳에서 시간을 허비했어! 일은 터무니없이 커졌다고! 내 동포들이 나를 얼마나 조롱하는지 모르지? 아, 모르겠지! 신께서 이해해주실 영역이 아니니까!"

"협조나 해주게."

"협조? 무엇을?"

"왜 이 행성에서 모든 일이 시작됐는지 말해줄 수 있겠나?"

아르비스는 아테나의 말을 듣고 황당함에 빠졌다.

"내가 왜? 난 네가 날 온갖 방법으로 고문한다고 해도 그 부분만큼은 내뱉지 않을 텐데?"

"자신 있나?"

"……."

기본적으로 쉬프터는 죽음을 두려워하지 않는다. 더불어 그 죽음조차도 효율적으로 이용하려 한다.

하지만 아르비스는 자신 있냐는 아테나의 질문에 멈칫했다.

눈앞의 군신은 누더기가 아닌 갑옷차림이었고 또한 진심이었다. 게다가 말투와 행동방식은 그 검은 옷의 리오와 화가 날 만큼 닮아가고 있었다.

"안심하게. 혹시 자네가 말을 한다고 해도 사이악스가 자네를 처벌할 리는 없을 것이네. 그러한 경우조차 계산하지 않고 자네를 우리의 곁에 보낼 존재가 아니지 않나?"

아르비스가 듣기에도 일리는 있었다.

"그럼 마음대로 얘기할게. 빠진 부분은 알아서 보충하도록 해."

"그리하지."

아테나는 밝은 미소로 고마움을 드러냈다. 아르비스는 아테나의 그 낯짝을 흉기로 갈아버리고 싶었지만 상대의 가공할 만한 능력을 알기에 참았다.

"사이악스 프라임께서는 이 행성이 만들어질 때부터 큰 흥미를 보이셨다고 들었어. 난 다른 경작지에서 임무를 하느라 당시 상황을 정확히 알지는 못해."

"그의 흥미가 적극적으로 변한 것이 언제인가?"

"글쎄? 모르긴 몰라도 이 행성에 로키의 본거지가 자리 잡은 뒤부터 관심을 두시지 않았을까? 로키는 오딘의 세계를 멸망시키기 위해 우리가 확보한 첩자였어. 살아 있는 첩자라는 것은 우리에게 있어서 주목할 가치가 있는 존재지."

꽤 중요한 사항이었기에 아르비스는 아테나가 어떤 반응을 보일지 궁금했다.

아테나는 그냥 가만히 이야기를 기다릴 뿐이었다.

"왜 놀라지 않지? 아는 이야기인가?"

아르비스가 성급히 묻자 아테나는 고개를 흔들었다.

"들은 적은 있지만 자세히 알지는 못한다네. 그저 하데스님과 같은 경우겠지. 그분 역시 그대들과 내통하고 올림포스를 배반하셨으니까."

"호오, 잘 아네? 그런데 그 사실을 아는 군신께서 왜 하데스라는 배반자를 가만히 놔뒀지?"

"자네는 하데스님을 알고 있나?"

"올림포스는 내 담당이 아니었어. 알 리가 없지. 경작지의 신 따위에는 관심도 없고."

"그렇군."

아테나는 눈을 잠깐 감았다가 서서히 떴다.

"하데스님께서는 현재 실종상태이시더군. 자네들이 그분을 데려갔나?"

"글쎄?"

아르비스는 딴청을 부렸다. 그녀의 행동에서 아테나는 가소로움과 귀여움을 함께 느꼈다.

조금 뒤 아르비스의 이야기가 다시 이어졌다.

"하이볼크는 로키에게 이 행성을 내줬고 로키는 실질적인 성계신의 권위를 누렸어. 직접 행성을 관리한 적은 없었던 것 같지만 말이야. 그래도 하이볼크가 자신에게 직접 맡긴 것들은 철저히 관리했어. 영악했지."

"그것이 아틀라스와 아이기스, 오딘의 눈, 그리고 파프니르인가?"

"맞아. 그 모든 것들의 공통점이 뭔지 알아?"

"자네들이 그 존재를 몰랐거나 직접적으로 간섭할 수 없었던 물건들이 아니던가?"

"정말 잘 아네."

아르비스의 얼굴에 보기 흉한 미소가 올라왔다.

"하도 답답해서 사이악스 프라임께 도움을 부탁드린 적도 있어. 하지만 프라임께서는 각하하셨고 룩 클래스 이상의 선배들께서 우리에게 도움을 주시는 것마저도 허락지 않으셨지."

아르비스는 신경질적으로 땅을 찼다.

"그렇게 세월을 보내고 있었는데 말이야, 굉장한 일이 일어났어. 어떤 인간들이 오딘의 눈이 있는 장소에 접근해서 그 보물을 손에 넣은 거야! 우리가 무슨 짓을 해도 접근 못 했던 영역에 그 원시 생물들이 손을 댄 거지!"

아테나는 그 이야기를 들은 적이 있었다.

"그들이 리즈 스타인의 조상인가?"

"맞아. 스타인 가문. 그들은 오딘의 눈을 이용하여 사람들을 속이고 오랫동안 재산을 불렸지."

"그렇다면 그들이 오딘의 눈에 손을 댄 건가, 아니면 오딘의 눈이 그들을 유혹한 건가?"

아테나의 질문에 아르비스가 잠깐 머뭇거렸다.

"아… 음… 후자 쪽이었던 것 같아."

정확히 대답할 수 없었던 아르비스는 자신이 기억하는 당시의 상황을 떠올리면서 그때 느꼈던 그대로를 토대로 대답했다.

"그렇다면 보물 그 자체가 의지를 가진 것인가, 아니면 보물을 움직이는 또 다른 의지가 있었던 것인가?"

아테나의 질문이 연이어 들어왔다.

"음……."

그런 쪽으로 생각해 본 일이 없었던 아르비스는 잠깐 벙어리가 되고 말았다.

"오딘의 눈 정도라면 의지를 가질 만한 물건이잖아? 신의 일부라고!"

결국 아르비스가 소리를 질렀다.

"그래서 감시자를 두는 것으로 일을 얼버무렸나?"

얼버무림이라는 아테나의 말에 아르비스의 눈매가 더욱 지저분해졌다.

조금 뒤 그 표정이 거만한 미소로 바뀌었다.

"우리 입장에선 얼버무려도 상관없었거든. 아니, 얼버무림 그 자체가 압박수단이기도 하지."

"압박수단?"

"오딘이 우리의 존재여부를 인식한 후 어떠한 일을 꾸미기 위해 만든 장치라면 우리가 뻔히 보고 있는데 계획을 실행시킬 리가 없잖아?"

일반적으로는 그럴 것이다. 그렇게 생각한 아테나는 쉬프터씩이나 되는 주제에 거시적으로 일을 따지지 않은 아르비스가 한심스러웠다.

"하지만 그대들에게 있어서 경작지 내의 존재가 그대들을 인식했다는 사실은 큰 문제이지 않나?"

"맞아. 경작지에서 일어나는 사고 중에 가장 큰 것은 경작지 내의 신들이 우리를 인식하여 특이점이 되거나 독립을 주장하는 거야. 하지만 그뿐이지."

아르비스의 거만함이 더욱 진해졌다.

"프라임께서 경작지를 아예 날려 버리시면 비밀을 가진 보물이 몇 개든 소용없잖아?"

"그렇겠지. 그렇다면 사이악스는 왜 이 세계를 배제하지 않고 그대들에게 모든 것을 맡겼나?"

"글쎄? 고작 비숍 클래스인 내가 사이악스 프라임께서 품으신 깊은 뜻을 어떻게 알겠어?"

"……"

아테나는 투구를 벗은 후 손가락으로 머리카락을 쓸어 넘겼다.

'인간들에게 이 경우를 빗대어 본다면 사이악스가 만약의 경우에 대비하여 자신의 부하들에게 책임을 전가시키기 위한 술책일 뿐이겠지. 하지만 그가 그럴 리는 없어. 쉬프터들은 재물이나 권력을 위해 움직이지 않아. 그들이 소유할 수 있는 것은 경험과 기념품뿐이지.'

그것은 흠집의 룩이라는 존재를 만났기에 가능한 추론이었다.

'비숍 클래스가 왜 쉬프터들 사이에서 최하위 계급인지 알 수 있을 것 같군. 저들은, 아르비스는 프라임이라는 강대한 존재를 너무 믿은 나머지 안이함에 빠져 있어. 그 규칙에서 어느 정도 일탈할 수 있어야만 룩 클래스로 올라갈 수 있는 것인가?'

아테나는 자신의 판단이 틀릴 가능성에 대비하여 질문을 해보기로 했다.

"만약 사이악스의 성격이 급진적이었다면?"

그녀가 묻자 아르비스는 기다렸다는 듯이 웃었다.

"후후, 프라이오스 프라임님이나 파이록스 프라임님이셨다면 즉각 이 신계를 날리셨겠지. 아, 그래. 너희들은 프라이오스 프라임님의 경작지에서 태어나지 않을 걸 다행으로 여겨야 할 거야. 그분은 동포들의 죽음을 절대로 가볍게 넘기시지 않거든. 너희들 손에 죽은 우리 동포가 몇 명인지 모르지?"

"그렇다면 사이악스가 관리하는 경작지에서 같은 성격의
사건이 두 번 이상 벌어진 일은 있나?"

"없어. 단 한 번도."

아르비스가 단호하게 말했다.

아테나는 투구를 꾹 눌러쓰며 생각에 잠겼다.

'역시, 사이악스는 부하들의 희생을 감수하고 인내하면
서 자신의 탐구심을 굽히지 않는 성격이군.'

좋게 생각하자면 그렇고, 나쁘게 표현하자면 미친 편집
증이었다.

아테나의 시선이 땅으로 향했다.

'하이볼크나 오딘님이 사이악스의 그러한 점을 알기에
이처럼 재미난 행성을 계획하고 만들었단 말인가?'

그것은 말도 안 되는 일일 것이다. 아테나는 자신에게 즉
답했다.

오딘마저도 사이악스를 직접 만나 그를 분석할 기회를
얻을 수 있을 리가 없기 때문이었다.

'아무리 사이악스가 인내심이 깊다 해도 가축에 불과한
경작지의 신이 자신과 직접 접촉하여 성격을 파악하는 것
을 허락할 리는 없어. 그의 능력이라면 만남이라는 직접적
인 수단을 동원하지 않더라도 상대를 모조리 분석할 수 있

을 테니까.'

사이악스는 네오 올림포스 행성에서 하이볼크와 제흡, 아롤, 그리고 브리간트를 주머니에서 동전 꺼내듯 불러낸 괴물이었다.

사이악스는 경작지 내의 또 다른 창조주라고 할 수도 있었다. 경작지 내에 존재하는 신계의 탄생과 멸망은 모두 쉬프터가 관리하기 때문이다.

그런 그가 창조주급 신 따위에게 자신을 파악할 기회를 줄 리가 없었다.

'경작지 내의 신계는 초중량급 사냥꾼의 존재를 감안하지 않고 만들어져 있어. 그들이 나타난 것만으로 세상의 법칙이 깨져나가는 것이 그 사실을 증명하지. 지금 이 상황은 사이악스조차도 생각지 못한 일일 것이야. 관찰하고 연구할 재미 정도는 있겠지만……'

생각에 잠긴 아테나의 시선이 이번에는 하늘로 향했다.

'드래고니스에서 봤던 사이악스는 이 세상에 사냥꾼이 나타나는 것까지도 분석하려 하는 듯했어. 그렇다면 대체 누가 사이악스의 그 편집증을 파악했단 말인가?'

그녀가 다시 아르비스를 봤다.

"파프니르는 제거할 수 있었을 텐데?"

그녀가 뜬금없이 파프니르를 입에 담은 이유는 드래고니

스에 사냥꾼들이 나타난 이유가 바로 파프니르 코어이기 때문이었다.

"그게 말이지……."

아르비스는 이야기를 해야 할까 말까 고민하다가 결국 한숨을 쉬었다.

"문제가 된 '코어'를 갖춘 파프니르는 우리도 예상치 못한 변종이었어. 다른 것들은 코어 대신 반영구적인 동력기관을 갖고 있었지. 파프니르 코어는 프라임께서 직접 보관하실 만큼 특이한 존재야. 대체 왜 그런 게 만들어졌는지는 나도 몰라."

"파프니르는 누가 만들었나?"

"로키는 미미르라고 말했어."

"미미르는 누구지?"

질문이 이어지자 아르비스가 상대를 비웃었다.

"그건 오딘이나 하이엘바인에게 물어봐야지?"

모른다는 뜻이었다.

"하지만 믿을 만한 정보는 아니야. 로키는 거짓말을 너무 잘 할 뿐더러 생각을 읽을 수도 없어서 우리조차도 속아 넘어간 부분이 꽤 많거든. 괜히 화가 나서 제거한 게 아니야."

"그렇군."

아테나는 자신에게 주어진 교신기를 꺼내 그 즉시 미미르에 대한 정보를 검색했다.

검색방법은 아르비스마저 놀랄 만큼 거칠었다.

아테나는 교신기를 완전히 부순 뒤 그 안에 담긴 내용들은 물론 주신계와 강제로 연결까지 시켜서 정보를 뽑아내고 있었다.

정보의 검색을 끝낸 아테나는 다시 제 모습으로 돌아오는 교신기를 보며 눈을 부릅떴다.

"미미르는 대체 누구란 말인가?"

"뭐?"

"제대로 된 정보가 단 한 가지도 없군."

아르비스는 경악하는 아테나의 모습을 보고 통쾌함을 느꼈다.

"그따위 비밀에 우리 군신께서 놀라시다니, 이상하네?"

"그럼 자네들은 왜 미미르를 방치했나?"

"잘 해야 헤파이스토스처럼 어디 숨어서 이것저것 만들고 있을 뿐인 아스가르드의 신 따위를 우리가 왜 추적해야 하는데? 어차피 이 신계는 어떤 방식으로든 끝장이야. 혹시나 미미르가 아우터 갓의 경지에 오른다고 해도 프라임께서 내리시는 절대적인 멸망에서 벗어날 수 있다고 생각해?"

"······."

오만함.

만약 모든 쉬프터들이 아르비스처럼 생각하고 있다면 아테나는 그들의 그 오만함이 미미르라는 최대의 핵심을 놓쳐버린 것이라고 규정했다.

'하이엘바인님이나 오딘님께 물어보는 수밖에 없겠군. 제대로 된 대답을 들을 수 있을지는 모르겠지만······.'

아테나의 생각을 모르는 아르비스는 상대가 단순히 침울해하고 있을 뿐이라 생각하고 기세등등하게 팔짱을 꼈다.

"또 물어볼 건 없어?"

"당장 떠오르는 것은 없군."

아테나가 담백하게 웃었다.

"그럼 군신께서는 여기 왜 온 거지?"

"내 무장을 되찾아가기 위해서라네."

"무장?"

아르비스의 표정이 다시 일그러졌다.

"아이기스 말이야?"

"그렇다네. 같이 가겠나?"

한때 아이기스가 있다면 하이엘바인을 잡는데 유용하게 써먹을 수 있을 거라 생각했던 아르비스는 쓴웃음을 지었다.

"됐어. 이제 이 행성과 엮이고 싶지 않아."

"그렇다면 할 수 없군."

아테나의 오른손에서 새어나온 번갯불이 지노그로 변했다. 궁니르의 등장에 비하면 간소하고 안전했으나 지노그가 태워버린 공기의 냄새는 아르비스의 후각을 강렬히 자극했다.

아테나가 그 창을 들고 자신에게 다가오자 아르비스가 움찔했다.

"볼일 끝났으니 날 제거하겠다고? 그런 건가? 하, 얼마든지!"

아르비스는 자신이 아테나를 이길 가능성이 아예 없다는 사실을 잘 알고 있었다. 그럼에도 불구하고 검은색 불꽃을 머금은 검을 꺼내며 저항하려는 이유는 한 가지였다.

아르비스는 리오가 잠깐이나마 엠프레스와 함께 움직이고 피엘의 공격으로 인해 세상에서 사라진 이후 회의감에 빠진 상태였다.

무슨 일을 당해도 정신적인 불안감을 가진 적이 없었던 그녀는 지금 사이악스에게 버림받았다는 생각을 갖고 있었다.

그가 자신에게 지금의 얼굴과 성격을 허락한 것 자체가

버림의 증거라는, 특별한 근거조차 없는 극단적인 판단도 서슴지 않았다.

하지만 자존심상 자결은 하지 못했는데, 마침 아테나가 무기를 들고 자신에게 다가오니 그녀에겐 속에 쌓인 모든 것을 풀고 안식을 맞이할 수 있는 최고의 기회나 다름없었다.

아테나는 아르비스의 인식능력을 초월한 속도로 지노그를 움직였다.

지노그는 제우스의 물건이었지만 아테나가 자신의 것으로서 최초로 선택한 무장이이기도 했다.

그녀는 제우스가 손에 들지도 않은 그 무기를 태어나자마자 강탈하여 공격에 사용했다는 사실을 기억하지 못하지만 제우스는 올림포스가 멸망하기 직전까지 그 순간을 가장 큰 충격으로 기억하고 있었다.

지노그와 아테나의 인연은 그만큼 깊었다. 그리고 아테나의 요구를 틀림없이 이행하여 사냥꾼들을 격퇴해 왔다.

아르비스는 그 무서운 무기가 왜 자신의 머리 옆에서 멈췄는지 이해할 수 없었다.

그러나 그 궁금증은 곧장 해소되었다.

실밥처럼 흩날리는 청백색 전류의 파편 너머로 지노그의 창날이, 그리고 창날에 가로막힌 물체가 아르비스의 눈에 들어왔다.

그것은 전체적으로 칼의 모양을 하고 있는 흰색의 함선이었다.

크기는 1만 이상의 인구가 살 수 있는 도시를 완전히 덮을 수 있을 정도로 컸다. 함선의 앞에 달린 검 형태의 충각역시 그만큼 압도적인 크기를 자랑했다.

하지만 그 크기와 무게, 속도, 그리고 함선 전체에 실린신성한 힘을 받아낸 아테나의 지노그는 떨림 하나 없었다.

창날뿐만 아니라 아테나가 밟고 있는 땅도 멀쩡했다.

아르비스는 정확히 자신을 노린 그 함선의 모든 힘과 함선의 돌진으로 인해 만들어진 기압의 차이까지 지노그의창날 위에 얹어져 있는 것을 쉬프터 특유의 초감각으로 직접 확인할 수 있었다.

"내가 그대를 너무 오랫동안 붙잡고 있었군. 세상을 관리하고 경작하되 존재를 드러내서는 안 되는 것이 쉬프터가아닌가?"

투구 속으로 보이는 아테나의 입술이 보기 좋은 분홍색곡선을 그렸다.

뜻하지 않게 빚을 진 아르비스는 지금의 상황을 쉽게 받아들이지 못했다.

"왜 나를 구해준 거지? 난 네가 보기 싫어 미칠 것 같다고! 증오한단 말이야!"

"나도 자네를 그다지 좋아하진 않네. 자네 입장에서야 쉬프터로서의 임무에 충실한 것이지만 그로 인해 희생당하고 상처받은 존재가 너무나 많지 않나?"

"그런데 왜?"

"수호신으로서의 버릇이라고나 할까?"

아테나가 다시 웃었다. 그리고는 자신이 창으로 떠받치고 있는 함선 쪽으로 시선을 놀렸다.

"더불어 저들의 무례가 마음에 들지 않았다네."

아테나는 지노그를 움직여 함선을 하늘로 밀어 올렸다.

그녀가 민 것은 함선만이 아니었다. 함선에 실린 힘까지도 방향을 전환시켰다.

그 힘의 방향은 함선의 안쪽이었다.

함선 내부에서 일어난 폭발에 함선의 좌우가 크게 터졌다.

터진 곳에서 흘러나오는 것은 대량의 흰색 빛이었다.

함선 밖으로 나오는 것은 빛만이 아니었다. 각종 무기와 갑옷으로 중무장을 한 천사가 수천 단위로 몰려 나왔다.

"천사들이 눈처럼 내리노라."

아테나가 아주 조심스럽게 내려오는 그들을 보며 말했다.

"항상 놀라는 점이네만 선신계 천사들의 번식력은 실로 대단하군. 목적을 모르겠어. 곤충들도 아니고 말일세."

아테나가 중얼거리며 씩 웃었다. 그녀가 그런 살벌한 농담을 할 줄 몰랐던 아르비스는 다시 당황했다.

'얼마 전부터 느끼긴 했지만⋯⋯.'

아르비스는 아테나가 피엘 플레포스를 말 그대로 '격파'하고 헤라클레스에게서 엘피스라는 미지의 물건을 손에 넣은 후부터 그녀를 지켜봤다.

아르비스는 그것이 자신의 본능에 잠재된 사명감이라는 사실조차 몰랐다.

초중량급 사냥꾼들의 존재감에 의한 파괴는 고작 비숍 클래스에 불과한 아르비스가 버틸 수 있는 것이 아니었다. 그럼에도 불구하고 그녀는 필사적으로 아테나의 관찰했다.

아테나의 힘은 엘피스를 받은 이후 시간당 제곱에 조금 못 미치는 수준으로 증가했다.

아르비스의 계산상으로, 만약 증가폭이 감소하지 않는다면 아테나는 두 달이 지날 무렵에 단독으로 하이볼크가 만든 신계 전체를 소멸시킬 수 있는 존재가 될 게 분명했다.

'소멸'는 의미는 단독으로 하이볼의 신계 전체의 물량에 맞서 싸우는 그런 원시적인 형태가 아니었다.

킹 클래스들이 경작지의 규칙을 와해시켜 임무를 처리하는 것처럼 아테나 역시 하이볼크 신계의 구성규칙을 와해시켜 그 영역 전체를 부술 수 있다는 의미였다.

'저 계집은 이제 견적을 내기 힘들 만큼 섬세하고 광활하게 자신의 힘을 제어하고 있어. 하지만 문제는 힘이 아니야.'

아르비스는 아테나의 투구 속에서 빛나는 올리브색의 눈이 가끔, 아주 가끔 붉은색으로 바뀌는 것을 목격했다.

그 색은 끔찍할 만큼 '그 남자'의 것과 닮아 있었다.

'성격이 달라지고 있어. 유치하게 녀석을 흉내 내는 것도 아니라고. 정말로 녀석과 뒤섞이는 느낌이야. 혹시 내가 모르는 사이에 둘이 몸이라도 섞었나?

그녀가 그런 생각을 하는 순간 아테나의 시선이 아르비스에게로 향했다.

단지 눈을 돌린 것뿐이었지만 아르비스는 마치 날카롭고 긴 창의 끝이 자신의 식도를 타고 들어오는 느낌을 받았다.

그것이 바로 아테나가 최근 갖기 시작한 광기의 편린이었다.

"그대들이 신의 생각을 읽을 수 있다는 것을 얼마 전에 들었지. 하지만 이 아테나의 생각은 읽을 수 없을 것이야."

일단 정답이었다.

"그래서?"

"사이악스가 자네에게 여성으로서의 '감'을 부여한 것은 실로 옳은 판단이었네. 감이 좋은 여성은 최악의 경우 단독으로 한 국가를 멸망시킬 힘을 발휘하곤 하지. 그 역사적인 여성들의 공통점은 파멸의 씨앗이 될 남성을 정확히 고를 수 있는 감각을 갖고 있었다는 점일세."

"……."

"내가 사이악스였다면 하이볼크의 신계를 그냥 부수는 시시한 일은 생각조차 하지 않았을 것이야. 수수께끼로 가득 찬 이 세계가 어떻게 폭로되고 어떤 식으로 자멸하는지 자세히 관찰하고 싶었겠지. 두 번 다시 이런 세계가 존재하지 못하도록 말일세."

사이악스의 생각이 궁금했던 아르비스에게 있어서 아테나의 그 말은 쾌락에 가까운 유혹이었다.

"계속 듣고 싶은데? 자세히 말이야."

"원한다면 들려주지. 물론 정확성은 장담할 수 없네."

"여자로서의 감이란 말이지? 상관없어. 재미만 있으면 돼."

아르비스와 아테나가 동시에 웃었다.

둘은 선신계 천사들을 완전히 무시한 채, 아니 잊은 채 서로만을 바라봤다.

"사이악스의 가장 큰 흥미는 오딘님이었을 것이네. 난 아직도 오딘님께서 갖고 계신 힘의 끝을 모르지."

아테나는 원래 속셈이라는 단어도 포함하려 했으나 그러지 않았다.

"그건 자네들도 마찬가지였을 것이야. 그로 인해 이 경작지를 맡은 쉬프터들 가운데에서 오로지 사이악스만이 그분을 소홀히 여기지 않았겠지. 그가 직접 중요한 단서를 잡아내고 지적했을 것이야. 오딘님을 그저 멸망한 신계의 잔재 따위로 판단하고 무시한 그대들의 오만함을 말일세. 내 예상이 옳다면 아마 그 자리에서 자네가 집중적으로 추궁을 당했겠지."

아테나의 추측은 아르비스의 정신에 치명적인 관통상을 입혔다.

'제대로 꿰뚫었군. 내 생각이라도 읽는 건가?'

아테나는 아르비스의 표정을 보며 이야기를 계속했다.

"그러나 오딘님이 아무리 강력한 분이라 하더라도 사이

악스를 넘어설 수는 없을 것이네. 행여 능가할 수 있는 방법이 있다 하더라도 결과는 오딘님의 패배로 끝날 것이야."

"사이악스님을 꽤 높게 봤네?"

"오, 자네는 사이악스의 높이를 감지할 수 있나? 나는 전혀 모르겠던데 말일세."

"……."

아르비스의 입을 막은 아테나는 다시 이야기를 이어나갔다.

"단 한 가지 걸리는 점을 제외하고, 오딘님께서 지금까지 생존하실 수 있었던 이유는 그분께서 사이악스를 위해 마련해놓으신 온갖 수수께끼일세. 이 행성은 잘 모르겠지만 로키와 하이엘바인님, 궁니르, 그리고 나의 주인님까지. 사이악스에게는 그 모든 수수께끼들이 사막의 오아시스와도 같았겠지. 오아시스의 물에 독이 들어 있다 해도 그는 망설임 없이 마시는 것을 택했을 것이네. 실제로 마셨고."

아르비스는 그 말을 사이악스에 대한 비하로 받아들였다.

"사이악스 프라임께서 그렇게 어리석은 분일 것 같은가?"

"그럼 되묻지. 자네야말로 사이악스를 아는가? 사이악스휘하의 모든 쉬프터들이 자신들의 우두머리에 대해서 알고 있나? 그를 이해하는 자가 과연 존재하는가? 그의 곁에 '실제로' 있는 자는 누구인가?"

그것은 이제껏 누구에게도 들어보지 못한 질문이었다.

아르비스는 자신에게 질문을 쏟아낸 군신을 폭포를 처음 보는 어린아이처럼 바라봤다.

"그것도 여자의 감이야?"

아르비스가 묻자 아테나는 고개를 저었다.

"나와 같은 수호신들은 그 누구라 하더라도 공통적인 고통을 이겨내야만 한다네."

"뭔데?"

"바로 고독이지."

아테나는 자신들을 포위하기 시작하는 천사들에게는 신경도 쓰지 않고 잠시 끊었던 이야기를 계속했다.

"인간의 경우를 예로 들지. 그들은 어머니의 자궁이라는 어둠에서 태어난다네. 그리고 빛을 맞이한 뒤 그 압도적인 공포감에 울음을 터뜨리지. 그것이 만약 만물의 기초라면 프라임이라는 존재는 무엇인가? 단순히 경작을 반복하며 말썽을 억압하는 폭군인가? 아니면 어둠 속에 숨은 채 빛의 공포를 가로막아주는 수호자인가?"

"……."

"만약 후자라면 사이악스는 자네들 사이에서 가장 고독한 존재겠지. 그 고독을 충족시켜주는 것이 바로 그의 '취미', 혹은 광적인 관찰과 탐구라는 개성일 것이야. 안 그런가?"

아르비스가 가장 후회하는 일 가운데 하나가 바로 자신의 은신을 눈치 챈 하이엘바인을 애초에 처분하지도, 보고하지도 않은 채 자신만의 비밀로 만든 사건이었다.

그런 그녀가 지금은 당시 올림포스를 담당했던 동포들에게 온갖 욕설을 퍼붓고 있었다.

'그 얼간이들은 왜 아테나를 살려둔 거야?'

위험성 측면에서 봤을 때 아테나는 하이엘바인을 이미 멀찌감치 따돌리고 있었다. 그 군신은 쉬프터뿐만 아니라 사이악스의 본질까지 정확히 추리해서 정답을 줄줄 늘어놓고 있었다.

'하이엘바인이 가진 위험성은 그 이상한 전투능력뿐이었어. 그냥 힘만 센 바보였다고! 그런데 저 신은 달라! 아제는 모든 것이 위험해!'

그런데 아테나가 위험요소로 떠오른 것은 얼마 되지 않은 일이었다.

그리고 아르비스를 겁먹게 한 현재도 다수의 퀸이나 엠프레스를 상대하는 것은 거의 불가능했다.

'가만, 왜 프라임께선 저 돌연변이 같은 신을 그냥 내버려 두시는 거지?'

그 의문이 패닉에 빠질 뻔한 아르비스를 기적적으로 건져 올렸다.

"글쎄? 프라임께서 정확히 어떤 분이신지 내가 알 필요가 있을까?"

아르비스는 방금 전 아테나가 던진 질문에 유연하게 맞서기로 했다.

"내 입장에선 오히려 그분을 감히 알려고 하는 것이 큰 죄라고. 죽어 마땅할 만큼의 불경이지."

"그도 그렇군."

아테나는 평온하게 눈웃음을 지었다. 하지만 마음속으로는 아르비스가 방금 전에 한 말에서 자신의 예상이 거의 다 맞아떨어졌음을 확신했다.

'말로 맞설 생각이 과했던 탓에 사용 단어의 선택이 달라졌군. 또한 평소답지 않게 너무 길게 말했어. 알기 쉬운 성격이 되어 다행일세, 쉬프터 아르비스.'

아테나가 무슨 생각을 하는지 전혀 모르는 아르비스는 어리석게도 대화의 방향을 다시 바꿔보기로 했다.

"프라임께서 나에게 여성으로서의 감을 부여하신 것이 옳은 선택이라고 했는데, 왜 그런지 들을 수 있을까?"

"음. 그것은 자네가 주인님께 매우 개인적인 감정을 가졌기 때문일세. 좋은 쪽이든 나쁜 쪽이든 그분께 매료되었지 않나? 그래서 루이체님을 살해하려는 시도까지 했고 말일세."

그 시도를 막은 존재가 하필이면 또 아테나였다.

겨우 침착해졌던 아르비스의 감정이 아테나의 지적에 다시 폭발하고 말았다.

"너희들 때문에 그 남자가 자신을 억제하고 있어!"

그 폭발력은 실로 엄청났다.

"너도 알잖아? 네오 올림포스에서 그 남자를 상대할 때 느꼈을 거야! 녀석의 그 보라색 검에 베이거나, 터지거나, 그 밖에 온갖 방법으로 몸을 유린당할 때 느끼게 될 쾌감을 말이야!"

기뻐 미친 듯한 아르비스의 표정에 아테나는 투구의 앞부분을 손으로 누르며 곤란함을 드러냈다.

"자네와 나는 상당히 다르군."

"달라? 그럼 우리 군신께선 그 남자에게 당할 때 어떤 느낌이었지?"

아테나는 이에 대해 그냥 솔직하게 말하기로 했다.

"나를 두렵게 할 만큼의 집념과 원한을 느꼈네. 신에게서 창조된 존재가 신을 상대로 그 정도의 감정을 드러내는 것은 지극히 비정상적이지. 그것은 어떤 특정 신… 그래, 하이볼크라고 확정하겠네. 그에게만 국한된 감정이 아니었네."

"군신께선 거기에 매료되었군!"

"음…….."

아테나는 난감한 표정이 되었다.

"신들을 모두 죽이겠다는 집념과 원한이 인상적이기는 했네. 아니, 지금 생각해 보자면 신들을 죽이고 싶다는 소원을 누군가를 향해 부르짖으시는 것 같았네. 개인적으로 주인님의 그 모습만큼은 잊고 싶군."

"흥, 말도 안 되는 소리."

아르비스가 피식 웃었다.

"신들을 죽이고 싶다는 소원을 대체 누구에게 빈다는 거지? 그 대상이 혹시 신이라면 자신도 그 사냥감에 포함될 텐데 그런 웃기는 소원을 멀쩡히 들어줄 신이 어디 있겠어? 스승이라는 오딘도 그런 위험인자를 심어줄 만큼 멍청하진 않을 걸?"

"그러게 말일세."

중얼거리듯이 응답한 아테나의 표정에는 당황한 기색이 역력했다.

"하지만 내가 느낀 것은 분명 소원이었는데, 대체 주인께선 누구에게 소원을 비셨단 말인가?"

방금 전까지 엄청난 추리력을 발휘하던 그 군신이 갑자기 그런 모습을 보이자 아르비스도 덩달아 당황했다.

"차, 착각이었겠지?"

"그럴 리 없네. 그때는 이 아테나의 가장 소중한 분인 니케님까지 직접적으로 위협받는 상황이었네. 모든 감각을 총동원했던 내가 그런 오판을 할 리가 없지 않나?"

"자기 능력을 과신하시는군."

코웃음을 친 아르비스는 자신이 얼토당토않은 핵심을 찔러버렸다는 사실을 모르고 있었다.

"본래 이야기로 돌아가서… 사이악스는 주인님을 신계 자멸의 계기 중 하나로 만들려 했다네. 만약 자네가 그날 루이체님의 살해에 성공했다고 해보세. 자네는 자신의 짓이었다고 주인님께 자랑할 생각이었나?"

워낙 충동적으로 저지른 일이었기에 아르비스는 대답하지 못했다.

"난 드래고니스에서 파프니르 코어가 폭주하고 그로 인해 사냥꾼이 나타난 원인이 자네라고 생각한다네."

아테나가 다시 그렇게 짚어내자 아르비스의 눈썹이 불쾌감으로 움직였다.

"왜 나라고 생각하는데?"

"서룡족은 분명 아닐세. 하이볼크, 제홉, 아롤의 신계와 관련된 그 어떤 존재도 아닐 것이야. 코어의 책임자였던 카이리 블랙테일은 자기 자신의 몸에 기폭장치를 심을 각오가 되어 있던 자였거든."

"그게 나와 무슨 관곈데?"

"무엇보다 사이악스는 사냥꾼의 능력을 자네보다 잘 알 것이네. 그에게 있어서 드래고니스는 재미없는 무대였지. 용족은 설령 브리간트가 나타난다 해도 사냥꾼을 이길 수 없으니까. 아마 그는 좀 더 관찰하기 좋은 장소를 택하여 파프니르 코어와 사냥꾼들의 상관관계를 알아보려 했을 것이네."

"......"

"남은 가능성은 단 하나, 누군가가 아무런 계획도 없이, 그저 충동적으로 주인님이 계신 장소에 마침 보호되고 있던 파프니르 코어에 장난을 쳐서 주인님과 사냥꾼의 처절한 싸움을 보고 즐기려 했다는 것뿐이겠지."

아테나의 이야기가 끝나자 아르비스는 히죽 웃었다.

"난 모르는 이야기라니까? 그 자리에 있지도 않았어."

"그날 밤, 루이체님의 방 밖에서 키르히 펙터와 이야기했었지? 자네는 루이체님이 피와 폭력으로 얼룩진 야수를 진정시켰다고 직접 말했네. 그리고 운이 없게도 나를 만났지."

"쯧."

아르비스가 혀를 찼다.

"그래, 일을 저지른 건 나야. 됐지?"

아르비스는 더 이상 부정하지 않았다.

"음, 그렇다네. 그것이 바로 사이악스가 자네에게 부여한 감이라네. 자네 덕분에 그 사건 이후 주인님께서는 사이악스가 바라는 대로 하이볼크에 대한 적개심을 더욱 강하게 가지셨고 성계신들에게도 배척당하셨네."

"……."

"사이악스는 나의 주인님께서 직접 하이볼크를 제거하시고 그로 인해 발생한 법칙의 붕괴로 인해 하이볼크의 신계 전체가 한 순간에 끝나는 짧은 서사시를 예상했을지도 모르네. 그렇게 되면 하이볼크라는 장막에 가려져 있던 오딘님의 실체가 드러나 버릴 것이고 사이악스는 즐겁게 오딘님을 파헤쳤겠지. 다시는 오딘님과 같은 특이점이 나타나지 못하도록 말일세."

천사들이 착지하는 소리가 아테나와 아르비스의 귀에 고요히 전해졌다.

"주인님께서는 결국 하이볼크의 직접적인 견제로 인해 이 세상에서 사라지셨고 급기야 내가 하이볼크를 직접 처단하기 위해 움직이는 지경까지 이르렀었네. 그런데 거기서 변수가 발생했지."

"사냥꾼 말이야?"

"그렇다네."

아테나가 고개를 끄덕거렸다.

"또한 지크 스나이퍼가 하이볼크의 신계로 가려는 내 앞에 나타난 시점도 너무나 적절했네. 작위적이라는 말은 그럴 때 쓰는 것이겠지."

아테나는 그때부터 오딘이 아군일 것이라는 생각을 완전히 버렸다. 하지만 그것까지는 말하지 않았다.

"그럴싸한데?"

아르비스가 큰 흥미를 보였다.

"그럼 지금 나타난 놈들도 그 작위적인 상황의 하나일까? 설명 좀 해봐, 군신님."

수천의 천사들이 아테나와 아르비스를 원형으로 포위했다.

이윽고 그들 모두를 합친 것보다 더 강력한 신성력이 하늘에서 천천히 내려왔다.

갈색의 구불구불한 장발을 지닌 아름다운 용모의 천사였다.

장로 천사, 가브리엘은 일부러 천천히 날갯짓을 하며 내려왔다.

　선신계의 군대에게 포위당한 아테나와 아르비스를 조금
이라도 더 오랫동안 내려다보고 싶어서였다.

CHAPTER 97
군신의 공부

GodsKnight R

"쉬프터와 손을 잡다니, 대체 무슨 생각이십니까? 올림 포스의 군신, 아테나님이시여."

가브리엘의 그 말에 아르비스가 쓴웃음을 터뜨렸다.

"난 너와도 거래한 기억이 있는데 말이지?"

"하이엘바인님과 관련된 거래 말이군요?"

쉬프터와 선신계의 중추 중 한 명이 한참 전에 거래를 했다는 사실은 큰 문제가 될 일이었지만 가브리엘은 뭐가 대수냐는 듯 웃었다.

"맞아. 그런데 우리보고 손을 잡네 마네 하면서 뻔뻔하게 지껄이다니, 돌았나? 정말 죽고 싶나 봐?"

"사실 그 거래 때문에 왔습니다. 하이엘바인님에게 걸었던 헤카테의 고리가 별 소득 없이 풀려버렸다는 이야기를 얼마 전에 들었지요. 아무래도 당신에게는 위약금을 받아야겠습니다."

"흥, 그러면 네가 왜 하이엘바인을 잡으려 했는지 여기서 얘기해도 될까? 디아블로와 관련된… 후후."

화사했던 가브리엘의 표정에서 차가운 살기가 피어올랐다.

"무슨 말씀이십니까?"

"하이엘바인을 미끼로 디아블로를 유혹하려고 했잖아? 제흡에게 그 계집을 봉헌한다는 구실로 우리엘이라는 놈까지 속였지."

가만히 가브리엘을 지켜보던 아테나가 움찔했다.

'유혹?'

아테나는 아르비스의 갑작스런 말을 얼른 이해하지 못했다.

아르비스는 신이 난 얼굴로 계속 주절거렸다.

"선신계 천사 주제에 악마왕의 힘과 육체, 그리고 폭력성에 반하다니, 웃겨서 토악질이 나올 정도군. 그렇게까지 해서 그에게 안기고 싶었어?"

가브리엘이 하늘에서 우뚝 멈췄다.

아테나는 라그나로크까지 겪으며 살아온 위대한 천사가 욕망에 일그러진 미소를 보이자 한 번 더 놀랐다.

가브리엘은 두 팔과 여러 장의 날개들로 자신의 몸을 감쌌다.

"그는 당시 소년이었지요. 게다가 왕이 되겠다는 꿈을 갖고 있었답니다. 악마 주제에 말입니다. 제천대성님의 처소 앞에서 내 동포들에게 모욕을 당하면서도 꿋꿋이 버티는 모습이 흥미로웠지요. 그전까지 만난 악마들과는 너무 달랐거든요."

아테나는 리오가 지금 상황을 접했을 때 무슨 반응을 보였을지 정말 궁금했다. 지금 가브리엘이 하는 말을 도저히 이해할 수가 없어서였다.

그녀가 고민하는 한편, 가브리엘은 자신만의 세계에 빠진 채 이야기를 줄줄 흘려댔다.

"보면 볼수록 매력이 있더군요. 목숨을 건 싸움으로 단련된 그의 붉은색의 몸은 싱싱하고 아름다웠답니다. 꿈을 위해 살아가는 그 눈빛은 너무 맛있었지요. 하지만 그는 너무 둔감하고 올곧아서 제가 지켜보고 있다는 사실을 모르더군요."

"흐흥, 알고 피했겠지."

아르비스가 조롱했다.

"후후, 이야기는 여기까지입니다."

가브리엘이 아르비스의 옆에 번쩍 내려왔다. 속도는 아테나가 예상한 것보다 빨랐지만 아르비스가 반응하지 못할 정도는 아니었다.

가브리엘은 굳은 얼음마냥 흔들리지 않는 자신의 갈색 장발 사이로 차가운 살기를 드러냈다.

"위약금만 받고 끝내려 했으나 귀한 사랑 이야기의 값도 받아야겠습니다."

가브리엘이 아르비스를 노려봤다.

"우선 그 쉬프터의 목숨을 거두지요."

그의 시선이 아테나 쪽으로 움직였다.

"더불어 옛 군신이여, 당신의 목숨도 거둬가겠습니다!"

아르비스는 눈앞에 내려온 천사가 허세를 부린다고 생각하여 피식 웃기만 했으나 아테나의 느낌은 달랐다.

아테나가 측정한 가브리엘의 능력은 아르비스보다 못했다. 초중량급 사냥꾼과 같은 괴물들과의 비교는 단위가 너무 달라서 계산 자체가 낭비였다.

그런데 아테나는 그를 쉽게 보지 않았다. 분명 뭔가 있기 때문에 자신에게까지 살의를 드러내고 있을 것이란 느낌이 들었다.

"자아, 나의 천군이여. 그대들의 진정한 모습을 이 죄인들 앞에 드러내라!"

가브리엘이 두 팔을 펼치며 외치자 지상에서 아테나와 아르비스를 포위하고 있던 천사들이 입자단위로 쪼개진 뒤 하늘로 날아올랐다.

그 입자는 하늘에서 하나로 뭉쳤다. 밀가루 반죽 같던 그 모습은 이윽고 아테나와 아르비스 모두에게 익숙한 형태로 변했다.

"사냥꾼······?"

아르비스의 힘없는 중얼거림 그대로, 그 물체는 순백색의 대형 사냥꾼이었다.

크기는 아테나가 요 며칠 내내 상대했던 초중량급 사냥꾼보다 조금 더 컸다. 그러나 아테나는 그 괴물체를 사냥꾼이라 단정하지 않았다.

'느낌만 비슷할 뿐, 뭔가 결여되어 있군.'

그녀는 사냥꾼 특유의 그 날카로운 연산능력을 느낄 수가 없었다.

그 결여된 부분을 채울 존재가 다시 날개를 펼치며 하늘로 올라갔다.

사냥꾼의 머리 위에 다리를 모으고 착지한 가브리엘은 날개와 마찬가지로 부드럽게 늘어트리고 있던 손을 비틀듯 꽉 쥐었다.

"자만심에 빠진 자여! 자만하려는 옛 잔재여! 세계가 나에게 허락한 이 갑옷으로 그대들을 영원의 끝에 인도하리라!"

가브리엘이 사냥꾼의 머릿속으로 들어갔다.

태양을 넘어선 빛이 역으로 하늘을 탁하게 만들었다. 사냥꾼의 모습은 발광하며 압축되었고 그 끝에는 순백색의 전신갑옷을 걸친 가브리엘의 모습이 남았다.

"아, 실로 은혜롭도다."

갑옷의 뒤에서 하얗게 빛나던 가브리엘의 모든 날개들이 무지개처럼 일곱 색을 떴다.

그의 오른손에는 녹색 자루와 황금색 칼날의 검이 들렸고 왼손에는 갑옷과 마찬가지로 자루는 순백색이지만 끝에 달린 길쭉한 날은 붉은색을 띤 장창이 들렸다.

"릴리움 롱기플로름(Lilium longiflorum)."

아테나가 그 무기들을 보며 중얼거렸다.

"그게 뭔데?"

아르비스가 잔뜩 긴장한 채 물었다.

"헤파이스토스님께 들은 적이 있네. 둘이 한 자리에 모여야 비로소 힘을 발휘한다는 가브리엘의 상징이자 권능이며 제홉의 왼쪽이지."

"제홉의 왼쪽?"

"창조주급 신의 일부라는 뜻일세. 헤파이스토스님의 예상이 맞았군!"

아테나가 아르비스의 옆구리를 지노그의 자루로 밀친 뒤 자신은 몸을 은색의 입자로 바꿔 흩었다.

둘 사이에 정확히 나타난 가브리엘은 등에 있던 날개들을 창의 모습으로 바꾼 뒤 그것들을 일제히 아르비스를 향해 날렸다.

그 창들을 막아 부순 것은 다시 실체화한 아테나였다.

부서진 창들은 다시 주인에게 돌아가 무지갯빛 날개로 바뀌었다.

지노그의 자루에 밀려 날아가던 아르비스가 다시 착지했을 때, 아테나와 가브리엘은 각각의 손에 쥔 무기들을 충돌시키며 격렬히 싸우고 있었다.

자신이 가브리엘의 날개에 꽂혀 죽을 뻔했다는 사실을 인지하지도 못한 아르비스는 일단 무기를 꺼냈지만 자신이 무엇을 어찌해야 옳은지 판단하지 못하고 우왕좌왕했다.

'미친! 나보고 어떻게 하란 말이야?'

아르비스는 이 자리에서 도망칠 수도 없었다. 가브리엘이 입은 전신갑옷이 꼭 사냥꾼들처럼 주변의 공간을 무차별로 교란시켜 그녀가 도망칠 수 있는 수단을 축소시키고 있었다.

[그대는 거기 있게! 섣불리 움직였다가는 내가 그대를 지킬 수 없네!]

정신감응을 통한 아테나의 목소리가 아르비스의 머리에 들려왔다.

[쓸데없는 짓 하지 마! 난 쉬프터의 비숍 클래스, 아르비스다!]

[그러니까 살아서 이 싸움을 지켜보란 말이다!]

아테나의 강렬한 신기가 정신감응을 타고 아르비스의 몸을 억눌렀다. 거기에 더하여 아르비스의 피부 위에 강한 결계를 씌웠다.

그것은 곁에서 깨는 것도 힘들지만 아르비스의 능력으로 푸는 것 역시 불가능한 봉쇄였다.

'저 계집이……!'

아테나는 얼굴마저 완전히 가린 가브리엘의 전신갑옷을 관찰했다.

'저 갑옷은 신에 가장 근접한 정신생명체인 선신계 천사에게 그 무엇보다 단단한 육체를 제공하고 있군.'

선신계 천사의 몸은 일반적인 무기로는 절대 벨 수도 없고 마법에 대한 저항능력도 강력하다. 그러나 인간이 아닌 자들, 특히 천사들의 사냥방법을 정확히 아는 자들에게는 날달걀에 불과했다.

하나 가브리엘이 걸친 갑옷은 그 나약한 육체의 약점을 완벽히 보완하고 있었다.

'사냥꾼의 방어능력과 연산능력, 그리고 창조주급 신의 권능까지 가진 초월적인 병기다! 지크 스나이퍼가 사용하는 갑옷과 비슷한 물건이로군!'

지크는 자신의 갑옷을 시류지 변환갑이라 불렀고 선신계에서 얻어왔다고 설명했다.

그처럼 편리한 물건이 한 개, 아니 몇 개 더 있다고 해서 이상할 것은 아무것도 없었다.

고뇌하고 있는 아테나의 갑옷, 에릭토니우스 기어의 어깨 보호구가 구겨져 날아갔다.

가브리엘의 검과 창이 갑옷의 곳곳을 때려 날리고 아테나의 투구마저도 갈랐다.

투구와 함께 이마가 길게 베인 아테나는 놀라울 만큼 자신을 밀어붙이는 가브리엘을 자신의 얼굴을 따라 흐르는 피에 아랑곳 않고 신중히 지켜봤다.

'이러한 자가 있었다니……!'

아테나는 몇 번이고 권능을 발휘했으나 가브리엘의 갑옷과 무기에 실린 힘에 무시당했다. 그것이 군신과 창조주급 신 사이에 놓인 차이였다.

"여담이지만, 제가 입은 갑옷의 원형에 대해 이야기해 드
려도 되겠습니까?"

"그 여유, 받아주지."

아테나는 그것이 들을 가치가 있는 정보일까 궁금했지만
재미가 들려 이성을 잃다시피 한 가브리엘이 의외의 이야
기를 흘릴 수도 있었기에 일단 들어보기로 했다.

"당신의 친구, 지크 스나이퍼가 태어난 세계는 시작부터
아주 특별했지요. 마력이 철저히 봉쇄되었고 신을 비롯한
모든 영적인 존재들이 그곳에 침범하는 것은 절대금기사항
이었습니다. 하지만 인간은 다른 방식으로 신령을 만들어
내더군요."

가브리엘의 무릎이 아테나의 옆구리에 파고들었다. 깨진
에릭토니우스 기어의 파편이 영롱한 색을 뿌리며 땅으로
쏟아졌다.

"그들은 처음에 식물이나 광물에서 추출한 환각제를 이
용하여 신령, 즉 신과 각종 영적인 존재들이 있을 거라는
착각을 추구했습니다만, 그 욕심이 도를 넘어서다 보니 그
세계만의 경계선이 만들어졌지요."

가브리엘은 설명을 하는 와중에도 공격을 멈추지 않았
다. 주절거리기 전과 차이가 있다면 치명적인 공격을 삼가
하고 괴롭히는 것에 주력하고 있다는 점이었다.

"인간의 욕심이 만들어낸 또 다른 악마, 귀신, 요괴들이 경계선 안쪽에 살기 시작했고 그 규모는 점점 커졌습니다. 결국 간음과 부정을 상징하는 악신계의 진짜 악마, 란슬롯이 그 세계에 현신하기도 했지요."

"신계에서 그 상황을 보고만 있지는 않았겠군!"

아테나가 지노그로 가브리엘의 목 아래를 노렸으나 지노그의 창날은 갑옷에 닿지도 못하고 멈춰버렸다.

"물론이지요."

가브리엘은 손등으로 지노그를 치우며 웃음소리를 냈다.

"신계에서는 최소한의 도움을 주기로 했습니다. 몇 가지 도구들을 선택된 인간들에게 주었지요. 그중에 하나가 바로 지크 스나이퍼의 손에 들어간 시류지 변환갑입니다. 선신계의 호법신들께서 제조하셨지요."

"천사들은 개입하지 않았나?"

"우리는 인간을 싫어합니다. 그 정신 나간 대천사장, 미카엘 때문에 굴욕을 당하긴 했지만 말이지요."

가브리엘이 방금 언급한 미카엘의 이야기를 들은 적이 없었던 아테나는 궁금증이 생겼지만 쏟아지는 가브리엘의 공격은 다른 생각을 할 틈을 주지 않았다.

"아무튼 만귀필적(萬鬼匹敵)이라는 제작개념에 따라 호

법신들의 모든 축복이 부여된 시류지 변환갑의 성능은 아서 펜드래건에게 전달된 주신계의 검, 엑스칼리버보다 훨씬 더 굉장한 결과를 낳았습니다. 주인에게 불사의 저주를 걸어버린 엑스칼리버와 달리 시류지 변환갑은 그 이름에 맞게 때와 모습, 주인을 달리하면서도 임무를 완수했지요."

"듣기로 지크 스나이퍼의 세계는 이미 멸망했다고 하던데, 그와 함께 시류지 변환갑의 임무도 끝난 것인가?"

"그렇습니다. 마지막 임무가 정말 굉장했지요. 시류지 변환갑의 마지막 주인은 '야마타노 오로치' 라는 괴물과 싸워야 했습니다. 그 세계의 그늘진 경계가 만들어낸 최강의 요괴였지요."

"……"

"야마타노 오로치의 서식지는 본래 어떤 섬나라였는데, 그 섬나라의 땅은 그 강력한 요괴를 봉인하기에는 너무 무르고 지진까지 빈번한 관계로 결국 옆에 있는 다른 나라의 튼튼한 땅 아래로 오로치를 봉인했답니다. 그런데 어떤 멍청이들이 오로치를 그 땅에서 깨웠고, 시류지 변환갑의 주인은 신계에서도 놀랄 만큼의 능력을 발휘하여 오로치를 완전히 격퇴했지요. 아, 여담이 너무 길었습니까?"

"아직 평가하기에는 이르군."

"그렇군요."

가브리엘은 공격을 멈춘 뒤 자신의 앞에서 비틀거리고 있는 아테나를 지켜봤다.

"군신이여, 당신은 쉬프터의 킹 클래스가 세계를 어떻게 멸망시키는지 알고 계십니까?"

아테나는 아르비스가 있는 곳을 잠시 바라보다가 다시 가브리엘을 쏘아봤다.

"이왕이면 자네에게 설명을 듣고 싶군."

"바라던 바입니다."

가브리엘이 낮게 웃었다.

"쉬프터의 경작지에는 규칙이 존재합니다. 경작지 내에 존재하는 신계가 대체 몇 개인지 저도 모릅니다만, 모든 신계에 적용되는 규칙은 동일하지요. 생명체가 존재하는 행성의 크기, 작용하는 중력의 강도, 태양의 밝기, 물이 어는 온도와 녹는 온도까지 모두 똑같습니다. 말 그대로 농사를 짓기에 알맞은 환경이지요."

아테나는 아는 이야기임에도 불구하고 오차가 있을지 모른다는 생각에 집중하여 들었지만 아르비스는 덜덜 떨고 있었다. 가브리엘 따위가 경작지에 대해서 그렇게 자세히 알 줄은 몰랐기 때문이다.

"감자 밭에서 자라는 것은 감자여야만 가치가 있습니다. 혹시라도 장미가 피면 매우 극적이겠지만 농사꾼의 입장에서는 장미고 뭐고 뽑아 제거해야 하는 잡초일 뿐입니다. 쉬프터는 정말 부지런하고 냉정한 경작자이지요."

"그렇군. 그래서 다른 신이 창조한 세계인데도 인간의 모습이나 동식물이 거의 동일한 건가?"

아테나가 묻자 가브리엘은 적대감 없이 끄덕거렸다.

"창조주의 취향에 따른 차이는 존재하는 것 같더군요. 하지만 치명적이지는 않습니다. 라그나로크 전쟁 때 실제로 증명되었지요. 올림포스 태생의 악마들이 천상에서 태어난 우리 천사들과 아무런 규칙적 저항 없이, 그것도 다른 창조주인 오딘의 세계 위그드라실에서 멀쩡히 존재할 수 있다는 사실에 메타트론님을 비롯한 많은 천사들이 의문을 가지긴 했습니다."

"그때 쉬프터에 대해서 알게 됐나?"

"아닙니다. 알게 된 것은 그 이후이지요."

아테나는 하이볼크의 세계가 창조된 직후 분명 무슨 일이 일어났기에 가브리엘이 저러한 지식을 갖게 된 것이라 예상했다.

가브리엘은 아테나와 시선을 맞댄 채 이야기를 다시 이어나갔다.

"아무튼 경작지 내의 신계는 쉬프터가 정한 규칙으로부터 벗어날 수 없습니다. 벗어나려고 하는 순간 잡초로 인식되어 쉬프터들에게 퇴출되지요. 밭에 핀 장미를 뽑는 것은 어린아이도 할 수 있는 일입니다. 그렇지 않습니까, 비숍 클래스의 쉬프터여?"

아테나의 힘에 보호되고 감금된 아르비스는 희희낙락하고 있는 가브리엘을 노려보며 이를 부득 갈았다.

'저놈은 대체 뭐야? 이 망할 세계는 어찌 돌아가는 거고? 그보다 저 계집은 대체 뭐하는 거야! 초중량급 사냥꾼을 일격에 완전 정지시키는 괴물이 저렇게 당하고만 있다니, 말이 돼?'

아르비스는 부상당한 채로 가브리엘의 이야기를 듣고 있는 아테나를 도무지 이해할 수가 없었다. 뭔가 한참 잘못된 그림이라 여겨졌기 때문이다.

"그렇다면 킹 클래스는 그 규칙을 와해시키는 존재인가?"

아테나가 다시 물었다.

"그보다 더하답니다."

가브리엘은 안타깝다는 듯 고개를 저었다.

"신계에 적용된 규칙보다 킹 클래스가 무조건 위에 군림하지요. 만약 우리 신계가 킹 클래스와 교전한다고 했을 때, 도중에 다른 신계의 존재인 아테나님께서 나타나신다면 킹 클래스가 올림포스의 규칙, 즉 미세한 차이를 자신에게 적용하기 전까지는 당신께서 그에게 피해를 입힐 수 있습니다. 그러나 적용된 후에는 소용없지요."

아르비스는 그 얘기가 나오자 안색이 아예 뒤바뀌었다.

'저런 정보까지 알고 있다고? 정보 제공자가 대체 누구지? 정말 사냥꾼들과 내통한 건가? 아니, 우리 중에 누군가가 저 사실을 폭로했나?'

가브리엘은 덜덜 떠는 아르비스의 모습을 간접적으로 즐기면서 이야기를 이어나갔다.

"하지만 킹 클래스는 생각보다 나약합니다. 그가 절대적인 힘을 발휘할 수 있는 장소는 오로지 경작지 내의 신계뿐이지요. 쉬프터의 규칙에 얽매이지 않는 존재, 예를 들어 아우터 갓이나 사냥꾼들, 그 외의 외계적 존재에게는 정직하게 자신의 힘으로 맞서야 합니다. 그리고 재미있게도… 지크 스나이퍼의 세계에서 만든 총이란 무기의 탄환을 일명 절대불패라고 불리는 그 능력으로 와해시킬 수가 없습니다."

"뭐라고?"

아테나가 움찔했다. 아르비스는 아예 주저앉기까지 했다.

"지크 스나이퍼의 세계는 하이볼크님이 창조하긴 했습니다만, 가장 큰 차이점은 인간이 기계를 이용하여 우주로 나갈 수 있는 유일한 세계라는 것입니다. 경작지라는 이름의 틀을 벗어난, 진정한 물리법칙을 구현한 세계이지요. 아네라처럼 말입니다."

가브리엘이 고개를 숙여 자신의 갑옷을 내려다봤다.

"하이볼크님께서 그 세계를, 아니 지크 스나이퍼를 만드신 것처럼 우리도 이 갑옷을 만들었습니다. 시류지 변환갑과 지크 스나이퍼의 세계에서 얻은 자료를 기초로 하여 만든 이 갑옷은 사냥꾼처럼 쉬프터의 규칙을 무시하고 우주 그 자체의 법칙을 이용할 수 있지요."

아테나의 눈동자가 의구심으로 빛났다.

"정말 그 두 가지만을 기초로 하여 제작했단 말인가? 그렇다면 그 갑옷을 설계하고 제작한 자는 누구인가? 그렇게까지 만들 수 있는 자는 신계의 그 규칙을 무시할 수 있는 자일 터이다!"

"흠, 뭔가 더 있다고 확신하시는군요?"

"확신할 수밖에 없지 않나? 그대가 갑옷을 구축하기 전에 나타났던 사냥꾼의 모습은 대체 뭐란 말인가?"

"......"

"묻겠네."

아테나는 찌르듯이 말을 던졌다.

"하이볼크 신계는 대체 언제부터 사냥꾼들과 손을 잡은 건가?"

"후후, 후후후후."

가브리엘은 넝마가 되어 있는 군신을 보며 웃음소리를 냈다.

"제가 너무 많은 이야기를 해버린 것 같습니다."

웃음을 그친 가브리엘의 몸에서 창공을 향해 흰색의 기운이 솟아올랐다. 그 힘은 두꺼운 구름처럼 막대한 규모를 갖게 되었다.

"본래 사멸되어야 했을 군신이여, 당신의 그 빨간 머리 주인과의 짧은 여행은 어떠셨습니까? 천사들의 이야기를 듣자 하니 매우 행복해하셨던 것 같더군요. 밤 시중까지는 드시지 못하셨던 것 같지만 말입니다."

피투성이가 된 아테나는 고통에 일그러진 눈으로 가브리엘을 노려봤다.

"나로 부족하여 나의 주인까지 모욕하는 것인가?"

"모욕이라……. 실은 모욕 이상의 짓을 하고 싶었답니다. 신의 힘을 대신하기 위해 동물적인 욕구까지 차단당한 그 녀석들이 우리에게 기어오를 때마다 부아가 치밀었지요. 하지만 당신의 주인이란 녀석은 조금 불쌍하더군요."

"불쌍했다고?"

"그렇습니다. 아시는지 모르겠지만 그 녀석, 아니 리오 스나이퍼들에게 있어서는 공통적인 제어장치가 두 개 있었지요."

"무슨 말인가?"

질문하는 아테나의 복부에 가브리엘의 날개가 날아와 흉갑을 부수고 몸을 관통했다.

그럼에도 불구하고 그녀가 무릎을 꿇지 않자 두 장의 날개가 더 날아와 그녀의 양 어깨를 뒤에서 관통하여 땅에 엎드리도록 만들었다.

"그 녀석들에겐 항상 두 명의 여자가 있었습니다. 한 명은 레나라는 인간 여성이고 다른 한 명은 루이체라는 주신계 천사지요. 둘 다 하이볼크님께서 녀석들의 감정을 완전히 제어하기 위해 심어둔 장치입니다."

"윽⋯⋯!"

질문조차 못할 만큼 피해를 입은 아테나는 고통과 분노에 이글거리는 눈빛으로 그 다음 이야기를 재촉했다.

"당신에게는 아쉽게 들릴지 모르겠군요. 레나는 일단 한 명입니다만 리오 스나이퍼들의 인생에는 한 명이 아니었습니다. 전생을 반복하여 녀석의 앞에 나타났지요."

"그것이… 제어와 무슨 관계란 말인가……?"

"사랑이라는 이름의 착란상태, 혹은 번식욕구를 유일하게 이끌어낼 수 있는 존재로 설정되었지요. 덕분에 여성관계에 대한 정신적 손상을 입은 리오 스나이퍼들은 천 년도 안 되는 짧은 시간 만에 연애감정 없이 다양한 임무를 소화할 수 있는 존재로 거듭났습니다."

"그럼… 루이체님은… 또 무엇인가?"

"그 어린 주신계 천사 덕분에 리오 스나이퍼와 슈리메이어 반 스나이퍼, 그리고 지크 스나이퍼는 다른 가즈 나이트… 아, 이건 옛 이름이군요. 아무튼 다른 광역감찰부 현장요원들과 달리 깊은 유대감을 가질 수 있게 되었습니다. 강력한 문제요소가 발생했을 때를 대비해서 말이지요. 결과는 좋았습니다."

지크가 가끔 가즈 나이트라는 말을 하며 옛 일을 추억하던 모습을 봤었던 아테나는 자신을 땅에 고정시킨 가브리엘의 날개를 무시하고 고개를 조금 더 들었다.

"가즈 나이트라고? 내가 알기로 자신의 시간과 기억을 온전히 가지고 살아온 자는 지크 스나이퍼와……!"

"조금 전에도 말씀드렸지만 지크 스나이퍼는 좀 별종이지요. 하지만 저와 같은 '원탁' 의 일원은 아닙니다."

"원탁?"

"후후, 원탁이라는 것은… 어?"

잠깐 '이상한 느낌'을 받은 가브리엘은 반사적으로 날개들을 전부 날려 그것들을 아테나의 몸에 모조리 꽂았다.

아테나의 몸뚱이와 팔다리, 그것도 부족하여 목까지 가브리엘의 날개에 관통 당했다.

치명상에 준하는 피해를 입었음에도 아테나의 눈빛은 청명했다.

손대선 안 될 것을 손댄 것 같은 느낌이 가브리엘의 몸 전체에 찌릿찌릿 울렸다.

"제가… 너무 흥분한 것 같습니다. 모른 채로 소멸되십시오, 군신이여. 당신은 너무 오래 살았고 또한 귀찮은 존재가 됐습니다. 하이볼크님은 당신에게 뭔가를 기대하셨던 것 같은데… 후후, 그 문제는 어찌어찌 처리되겠지요. 듣지 못하신 것이 많아 아쉬우시겠습니다."

가브리엘의 투구 속에서 웃음소리가 진득하게 흘러나왔다.

그리고 아테나도 웃었다.

"자네는 착하군."

아테나의 몸에 박혀 있던 가브리엘의 날개들이 일시에 깨져 사라졌다.

군신이 대지에서 서서히 일어났다.

그녀가 자세를 바로 하는 것과 함께 그녀가 손해를 본 모든 것들이 원래대로 복원되었다. 그녀의 몸에 묻은 흙들도 고스란히 땅으로 돌아갔다.

"가브리엘. 영특하고 친절한 자여. 그대의 그 총명함에 감사하네."

흠칫 놀란 가브리엘은 창으로 아테나를 찔렀다. 그녀의 에릭토니우스 기어를 종이처럼 찢어 발겼던 그의 창날은 흉갑에 닿자마자 파괴되었다.

가브리엘은 당황하여 검으로 아테나의 투구 사이를 찔렀으나 그마저도 아테나의 맨살을 뚫지 못하고 깨져 기능을 상실하고 말았다.

"이, 이 어찌……!"

아테나의 올리브색 눈동자가 투구 속에서 서늘하게 빛났다.

"자네는 매우 긴 이야기를 했네. 내가 원하는 대로 말일세."

"무슨 말씀이십니까?"

"그 갑옷의 방호능력과 제훕의 권능은 의외로 어수룩하군. 조합 즉시 나의 권능에 제압당하여 꼭두각시가 되다니 말이야."

아테나의 눈빛에 붉은색이 올라왔다.

"자네들, 사냥꾼들과 대적한 적이 있나? 진짜들은 이따 위가 아니라네."

그들을 직접 제압해 온 아테나의 온몸에서 가브리엘의 판단력을 흐릴 만큼의 기세가 발휘되었다.

"잔재 따위가!"

가브리엘은 다급히 주먹으로 아테나의 얼굴을 때렸지만 그녀의 은색 투구는 흔들리지도 않았다.

"이 아테나, 그대가 모시는 선신계의 제흡과는 아쉽게 도 만난 일이 없네. 제흡의 권능을 경험하는 것은 이번이 처음이지. 초면에도 불구하고 잠시 실례되는 말을 해야겠 군."

아테나가 눈을 부릅뜨는 순간 가브리엘이 입은 갑옷과 무기들이 완전히 부서져 그의 알몸이 드러났다.

"그 성급함! 그 자만! 이 무성의함! 전쟁터에 직접 나온 적이 단 한 번도 없는 코흘리개 창조주가 어찌 이 올림포스 의 군신에게 날붙이를 들이댄단 말인가!"

가브리엘에게 한 말이 아니었다. 가브리엘에게 자신의 권능을 빌려주고 있는 제흡에게 한 말이었다.

"분명 뭔가를 알고 있기에 저지른 만용이겠지! 지금 당장 그대가 보낸 햇병아리를 데리고 그곳에 행차하여 모든 것을 듣고 싶으나 이번만큼은 눈감아주마! 하이볼크에게 감사하도록!"

한차례 분노를 퍼부은 아테나는 가브리엘의 옆을 지나가며 그의 뺨을 때렸다.

소리가 조금 세게 날 뿐인, 그야말로 '따귀'에 불과한 행동이었다.

"군신으로서 그대에게 묻노니, 싸우는 자가 적과 맞서기 위해 필요한 것이 무엇이라 생각하는가?"

"후후, 지금보다 더한 굴욕을 저에게 주시려는 겁니까?"

"질문에 답하라."

아까처럼 권능으로 억눌러 억지로 캐묻는 것은 아니었다. 그래서인지 가브리엘의 표정에서 스산한 기운이 사라졌다.

"우선 예의를 갖춰야겠지요."

가브리엘의 나체 위에 그가 본래 입고 다니던 옷이 구축되어 입혀졌다.

"힘, 지혜, 정신력, 그리고 행운이 아니겠습니까?"

"그것은 그저 덕목이지 필요한 것이 아니다."

"그럼 군신께서 말씀하시는 필요란 무엇입니까?"

"이유다."

그녀가 단언했다.

무엇을 위해 싸우는 것인가.

옳고 그름과 관계없다. 싸우는 자는 어찌됐든 이유가 있어야만 적을 만들 수 있고 자신이 만든 적과 맞설 수 있다.

그 적은 무기가 될 수도 있고 재물이 될 수도 있으며 자기 자신이 될 수도 있다.

어떻게든, 이유가 있다면.

"그 말씀으로 저의 무가치한 행동을 정당화시켜 주시는 군요."

"싸움이 무엇인지 깨닫게 해주는 것도 군신의 존재 이유지."

올림포스는 이제 존재하지 않는다. 그러나 그 멸망한 신계의 군신은 고귀한 기운을 품은 채 상대를 바라보고 있었다.

"그렇다면 이 부족한 자에게 그 가르침을 주신 이유가 궁금합니다."

"참견일세."

대답 직후 아테나의 갑옷과 지노그가 모두 사라졌다. 다시 누더기 차림으로 돌아온 그녀는 당당히 팔짱을 꼈다.

"그대가 나에게 들려준 이야기는 정보로서 큰 가치가 있었네. 그러나 그대의 끝 모를 좌절감도 느껴지더군. 아마 자네조차도 이 일이 어떻게 끝날지 알 수 없겠지. 좌절감의 근본은 아마도 그 미지의 영역일 것이야."

"……."

"상세한 것들은 이 아테나가 스스로 알아내겠네. 그래야만 진정한 가치가 있을 것이고, 또 그대들과 함께 좌절할 수 있겠지. 그대는 그대가 모시는 자를 좀 더 성심껏 보필하게. 자네는 분명 그만한 그릇이니까."

가브리엘은 눈을 감는 것으로 인사를 대신한 뒤 날개를 펼치고 승천했다.

아테나의 보호 겸 구속이 풀리자 아르비스는 누더기 차림의 군신을 향해 뛰어갔다.

"갑옷을 계속 입고 있었던 건 가브리엘 때문이었나?"

그녀가 급히 물었다. 손바람으로 땀을 식히던 아테나는 고개를 끄덕거렸다.

"신에게 있어서 갑옷이란 겉치레에 불과하지. 그러나 그 겉치레 역시 의미를 담을 수 있다네. 그는 진심으로 나를 노리고 있었고 나는 그 도전을 받아들이겠다는 의미로 갑옷을 풀지 않았지. 그대를 이 싸움에 휘말리게 한 것은 개인적으로 미안하게 생각한다네. 사과하지."

아테나는 오랫동안 투구에 눌려 있었음에도 불구하고 형클어짐 없이 아래로 떨어져 내리는 자신의 머리카락을 손으로 훑었다. 바람으로 자신을 식히기 위해서였다.

"이건 내 얘기인데 말이지."

아르비스가 상기된 표정으로 아테나에게 말을 걸었다.

아테나는 들어주겠다는 듯 웃으며 고개를 끄덕거렸다.

"이야기하게."

"나, 오랫동안 비숍 클래스에서 룩 클래스로 올라가지 못했어. 아마 이 경작지에서 활동하는 비숍들 가운데 내가 경력이 가장 길거야."

"승진하지 못하는 이유가 궁금한가?"

"이유 따윈 알아!"

아르비스가 목소리를 높이자 아테나는 목을 살짝 움직여 의아함을 드러냈다.

"그럼 무엇이 궁금하여 그렇게 어려워하는가?"

"프라임께서 나를… 이대로 버리실 것 같아서야."

아르비스는 자신이 왜 아테나를 상대로 솔직하게 말을 하는지 알 수가 없었다.

지금 그녀의 머릿속에 자리 잡은 것은 가브리엘에게 가르침을 주던 은색 갑옷의 군신이었다.

모시는 자를 성심껏 보필하라는 그녀의 말이 아르비스의

감각에서 떠나지 못하고 있었다.

이윽고 아테나가 정중히 말했다.

"자네가 최고의 비숍이기에 그러한 것이 아닐까?"

"최고의… 비숍?"

들은 적이 없는 말이었기에 아르비스의 표정은 생소함 그 자체였다.

그녀에게서 의외의 순진무구함을 발견한 아테나는 지그시 웃었다.

"전쟁역사에 이름을 남긴 영웅들 가운데에는 혼자서 천명, 혹은 만 명과 필적할 만큼 강대한 무력을 자랑하는 자들이 많았지. 그런데 팔다리도 제대로 못 펴는 몸이지만 지혜를 이용하여 수십만의 적군을 유린한 자들도 꽤 있다네."

"……"

"각자 빛을 발할 수 있는 장소는 따로 있는 것이야. 사이악스가 그런 것을 분간 못할 만큼 어리석은 자는 아니라고 보는데, 자네의 생각은 어떤가?"

"모, 모르겠어."

아르비스가 털듯이 머리를 좌우로 움직였다.

아테나는 다시 웃었다.

"그냥 강하기 때문에 룩이 되고 퀸이 된다면 짐승들과 다를 바가 없겠지. 혹시 자네의 선배들을 만날 기회가 온다면

158 가즈 나이트 R

그들에게 물어보게. 어째서 룩이 되었고 퀸이 되었냐고 말일세."

"어째서라니……."

"답을 얻는 것은 쉬울 것이네. 긍정적으로 생각하게."

조언을 마친 아테나는 아이기스를 찾기 위한 걸음을 옮겼다.

아르비스는 가만히 있다가 이내 그녀를 뒤따라 걸어갔다.

*      *      *

"그런데 말이야, 군신님."

아르비스와 함께 들판을 걷던 아테나는 자신에게 질문해 온 상대를 돌아봤다.

질문을 머릿속에서 고르고 있는 아르비스의 표정은 여전히 불량스러웠으나 안색만은 좋아보였다. 그것은 한 단계나마 성장한 자의 얼굴이었다.

아테나는 자신보다 오래 살아온 그 존재가 자신의 한 마디에 도움을 받았다는 것에 조금은 보람을 느꼈다.

"싸우는 이유니 어쩌니 했잖아? 근데 막상 맞붙었을 때 그런 거 생각할 겨를이 있을까?"

"나보다 더 오래 싸워온 자네가 그런 질문을 하다니, 이상하군."

"난 지시대로 움직이면 그만이었거든. 앞으로도 그렇겠지만. 흥, 들어서 나쁠 건 없잖아?"

아르비스의 표정이 샐쭉해졌다.

"좋은 자세일세."

아테나가 끄덕였다.

"싸움 그 자체는 아주 단순하다네. 상대방과 흑백을 가리는 것 외에 다른 생각을 할 필요도, 시간도 없지. 싸움의 이유는 싸우기 전, 혹은 싸운 후에 생기는 것이네. 그로 인해 싸움의 이유라는 것은 강력한 의지가 될 수도 있고 비겁한 변명이 될 수도 있으며, 최악의 경우 단순한 광란이 될 수도 있지."

"복잡하네."

"음? 그 복잡함을 그냥 내버려 두는 것은 자네들이 아닌가? 창조주가 만들긴 해도 쉬프터의 규칙 하의 일일 터인데?"

질문을 받은 아르비스의 표정이 복잡해졌다. 아르비스 본인은 틀린 말이 아니라는 뜻에 불과했으나 아테나는 좀 더 심층적으로 분석하고 있었다.

'경작지의 규칙은 일반 쉬프터들에게 있어서 그저 당연

한 사전지식에 불과한가 보군. 규칙정립의 과정과 이유는 그 상대가 프라임 클래스 정도는 되어야 논할 수 있는 범위인가?'

아테나는 경작지의 숫자만큼 프라임들 역시 존재하며, 규칙은 프라임들이 말을 맞추어 정립하는 것이라고 생각했다.

그러나 프라임들끼리 논하여 넘어가는 것치고는 너무 절대적인 것 같았고, 또한 가브리엘이 이야기를 통해 경작지의 규칙을 초월한 우주의 진정한 규칙이라는 것이 존재한다는 사실을 안 지금은 생각이 달라졌다.

프라임 이상의 뭔가가 분명 존재한다는 생각이 점차 확신으로 변하는 순간이었다.

"그 광범위함을 정리하는 것이 바로 신념일세. 인간들의 경우에는……."

대화의 흐름을 다시 정리한 아테나는 주먹으로 자신의 가슴 왼쪽을 쳤다.

"그 신념으로 인해 이곳이 뜨거워지기도 하지."

"성감대?"

"……."

말을 반사적으로 던져버린 아르비스는 깨진 유리컵을 보는 듯한 아테나의 황망한 눈빛에 급히 시선을 돌렸다.

그러나 가면으로 표정을 지우고 버릇이 아직 남아 있어서인지 새빨갛게 달아오른 얼굴은 미처 감추지 못했다.

"흠."

아테나는 헛기침으로 분위기를 바꿨다.

"나의 주인께서는 광적인 분노를 품고 계시지만 그것은 어디까지나 열기일 뿐, 불꽃 그 자체는 아니라네. 그 불꽃이야말로 그분의 신념이지."

"그 대단하신 신념이 뭔데?"

"처음에는 단순히 신에 대한 복수심이라 생각했네. 그러나 그것은 어떤 동기일 뿐, 신념이 될 수는 없지. 음, 아무래도 그에 대한 답은 자네가 직접 알아내는 게 더 나을 것이네."

"귀찮아."

아르비스가 투덜거렸다.

"그러지 말게. 주인께서는 자신에게 다가오는 자를 그리 거부하지 않으시네. 자네가 먼저 다가가 그분의 신념을 알아보는 것이 어떤가?"

"다가가라니, 어떤 식으로? 그 녀석은 어지간한 자극에는 끄덕도 안 한다고. 쯧."

아르비스가 혀를 찼다.

"군신님 말대로 내가 녀석에게서 본 건 복수심이 아니었어. 복수심에 사로잡힌 자가 그런 식으로 싸우지는 못한다고."

아테나는 아르비스가 다음에 이어붙일 이야기가 궁금하여 가만히 듣고만 있었다.

"녀석은 말이야, 겉보기에는 미친놈처럼 싸우는데 기술은 세련됐고 정교해. 게다가 도박조차도 다 들어맞았어. 대체 뭐야? 녀석은 어째서 포기하지 않는 거지? 자신보다 압도적인 상대들을 적으로 두고도 희망을 갖는 이유가 뭐냐고?"

이야기를 다 들은 아테나가 부드럽게 웃었다.

'이미 주인님에 대해 다 아는 주제에 복잡하게 생각하는 처자로군.'

아테나가 아르비스의 어깨를 탁 쳤다.

"주인님을 자극할 방법과 장소가 잘못된 것이네."

아르비스는 그 장소가 무엇인지 질문하듯 아테나와 시선을 맞췄다.

"장소?"

"성감대라 하지."

"……"

아르비스는 자신에게 어이없는 보복을 하고 어떠냐는 듯이 웃고 있는 아테나를 무표정으로 바라봤다.

"이렇게 정리하면 되겠군."

아테나가 말했다.

"그분은 말일세, 스스로의 의지로 자신의 인생을 마무리할 수 없네. 무기를 버리고 다른 생활을 하고 싶어도 창조주가 허락지 않지. 그분의 강함에 이끌려 많은 사람들이 그분을 동경하고 따랐지만 불멸자와 필멸자의 경계로 인해 만남은 짧고 헤어짐은 필연이었네. 결국 창조주의 필요로 인해 친구와 가족까지 잃고 말았지."

"……."

"그런 상황을 겪고도 그분은 검을 다시 쥐었네. 그리고 당연하다는 듯이 새로운 적과 싸우고 계시지. 되돌아 보지도 않으신다네. 자네처럼 돌아갈 장소가 있는 것도 아닌데 말일세."

이야기를 듣는 동안 아르비스의 표정이 점차 어두워졌다.

"진짜 미친놈이잖아?"

"음, 그렇지. 주인님은 정말 미친 듯이 나아가고 계신다네. 더 이상 잃을 것이 없어 그러신 것인지, 아니면 이 싸움의 끝에 뭔가 찾을 수 있을 거라 생각하시는 것인지는 나도 모른다네. 하지만 싸우기 위해 존재한다는 당신의 본질에 충실하신 것 치고는……."

아테나는 말을 멈추고 리오와의 싸움을 잠시 떠올렸다.

"무서울 정도로 절망을 모르시더군. 항상 뭔가 있을 거라고 생각을 하시는 근거를 모르겠어."

"군신님은 진짜 신이잖아? 머리라도 쪼개놓고 알아보면 될 텐데?"

아르비스의 살벌한 말에 아테나의 표정이 조금 식었다.

"자네는 그렇게까지 해서라도 알고 싶나?"

"수단방법 가릴 필요 있겠어?"

절차와 방식, 전통, 그리고 순서를 굉장히 중시하는 성격인 아테나는 아르비스의 행동방식을 이해하고 받아들일 필요가 있다고 생각했다.

'이제 이것저것 가릴 상황은 아니니까.'

그녀는 자신과 아르비스가 지금 같은 상황에 처해 있다고 생각하진 않았다.

잠깐 말을 트고 서로를 이해하긴 했지만 그녀는 어디까지나 쉬프터이고 자신은 쉬프터들이 사육했던 신들 가운데 한 명이었다.

그러나 그녀는 그렇기에, 지금이야말로 자신의 생각을 한 번쯤은 전할 필요가 있다고 판단했다.

"내가 지금 바라는 것이 무엇인지 아는가?"

아테나가 갑자기 다른 이야기를 하자 아르비스의 표정이

조금 구겨졌다.

"뭔데?"

"주인님을 절망시키는 것이네."

"뭐?"

아르비스를 놀라게 한 아테나였지만 그녀의 표정은 평온했다.

"그렇게 해서라도 그분을 쉬게 하고 싶은 마음이라네."

"그럼 군신님은?"

아르비스는 어느 순간부터 아테나를 '군신님'이라 부르고 있었다. 그러한 변화는 아르비스 자신도 아직 알지 못했다.

"내가 반드시 그분과 같이 있어야 할 필요는 없지 않은가? 나와 그분의 인연은 짧다네. 만남 그 자체는 기적과 같은 일일지 몰라도 말일세."

그냥 만남이 기적이라면 지금 이 상황도 기적일 것이다. 아르비스는 그 말에 입 안에 돌았지만 성격상 차마 꺼내진 못했다.

"나는 멸망한 신계의 잔재일세. 그분의 안식 이후 나 스스로가 존재함을 포기하여 사라져도 후회는 없네."

"미련은 남을 거 아냐?"

"그건 그렇군."

아르비스는 담담한 아테나의 얼굴을 후려치고 싶었다.

"그렇게 막 내던졌다가는 리오 스나이퍼가 공허의 저편에 처박혀도 열 받아서 되돌아올걸?"

"공허의 저편이 무엇인지 몰라도… 어째서 그러한가?"

"후후, 난 군신님보다 녀석의 과거에 대해 잘 알아. 아니, 이제는 녀석들이라고 해야겠지. 성격은 다 제각각이지만 한 가지 공통된 점은 있어."

"무엇인가?"

"남겨지는 것에 더 익숙하다는 거야."

"……."

"다들 처음에는 임무와 관련된 존재들과 친했어. 하지만 필멸자들의 수명과 녀석들이 같을 리가 없잖아? 녀석들을 맞이해주는 건 늙은이들과 무덤밖에 없었지. 그런데 거기서 좌절하지 않고 다른 방법을 찾아내더군."

"추억 말인가?"

"맞아. 웃기지?"

"흠."

아테나는 옆머리를 만지며 고개를 갸웃거렸다.

"알 것 같으면서도 잘 모르겠군. 추억이라는 것이 그만큼 강력한 결과를 만들어낼 수 있는 열쇠란 말인가?"

"군신님이 모르는 걸 내가 알 리 없지."

둘의 대화가 잠깐 끊겼다.

"하이엘바인에게 물어보면 어때?"

아르비스가 제안했다.

"그분께? 어째서인가?"

"그 계집, 자주 주절거리잖아? 이야기가 전해지는 한 전사는 불멸, 이라고 말이야. 추억이나 이야기나 그게 그거니까 혹시 알지 않을까?"

정말 추억과 이야기에 차이가 없을까라는 의문이 아테나의 머릿속에 새로이 떠올랐다.

그때, 아이기스가 잠들어 있는 도시가 둘의 시야에 들어왔다.

아테나는 시간을 아낄 필요가 있었다. 24시간에 한 번씩 자신 앞에 나타나는 초중량급 사냥꾼이 과연 자신을 노리는 것인지, 동료들을 노리는 것인지 아직 불확실하기 때문이다.

"여기까지 왔으니 아이기스를 구경하지 않겠나?"

"어차피 군신님이 가질 물건인데 내가 봐서 뭐하게? 이제 그런 거 흥미 없어. 관련 임무도 끝났고."

"임무라……. 혹시 다른 볼일이 있는데 내가 고생시키는 것이 아닌가?"

"아니, 요즘 특별한 임무는 없어."

"음, 그렇다면 한가하다는 뜻이군."

더불어 그것은 사이악스가 아테나 자신과 그 일행이 아니라 다른 곳에, 그것도 아르비스와 같은 비숍 클래스들이 관여할 수 없는 일에 신경을 쓰고 있다는 뜻으로 해석할 수 있었다.

아테나는 자신의 유도질문에 계속 넘어가고 있는 아르비스를 보기가 왠지 미안했다.

"견학은 중요한 것일세. 아주 작은 요소라 할지라도 큰 기회가 되곤 하지."

"흠……."

아테나가 아르비스의 손을 붙잡았다. 장갑을 뚫고 들어오는 아테나의 짜릿한 힘에 아르비스는 깜짝 놀랐지만 손을 빼지는 않았다.

오히려 묘한 흥분을 느끼고 얼굴을 붉히기까지 했다.

"아이기스는 저 도시의 성 지하에 있다네. 사람들이 아직 많으니 공간이동을 이용하여 그들의 눈을 피할 수 있는 곳까지 이동하세."

"으, 으응."


\*            \*            \*

사라진 둘의 모습은 아이기스가 있는 성뿐만 아니라 '스타인 가문'이 있는 도시의 상공에 다시 나타났다.

성을 내려다보고 있는 아테나와 달리 그녀의 손을 잡고 있는 아르비스는 스타인 가문 쪽을 봤다.

"인사 정도는 하고 가시지? 스타인 가문의 인간들과는 인연이 있잖아?"

"저택의 모든 이들에게는 아무 문제가 없으니 일에 충실하세."

성급함이나 냉정함보다는 조심스러움이 담긴 말이었다.

둘의 모습이 도시 상공에서 사라졌다. 아테나가 공간이동의 좌표를 찾고 찾아 도착한 장소는 성의 지하로 내려가는 계단의 시작지점이었다.

아르비스는 그 장소부터 역겨움을 느꼈다.

'역시 여기까지가 한계야. 감각이 망가져서 하늘과 땅도 구별하지 못하겠어! 눈앞이 보이지도 않아!'

아르비스가 느끼는 것은 오로지 아테나의 손뿐이었다. 그것은 그야말로 어둠 속의 희망이었으나 아테나는 잡고 있는 아르비스의 손을 통해 그녀가 느끼는 모든 것들을 간접적으로 체험하고 있었다.

그것이 그녀가 아르비스를 데려온 진짜 이유였다.

견학 등은 단순한 핑계일 뿐, 실제로 아테나는 아르비스가 이 장소에 들어오자마자 분해되는 것까지 각오하고 있었다.

'이 장소의 모든 것들이 쉬프터들을 근본적으로 배제하고 있군. 가브리엘이 말한 원탁의 배후, 혹은 하이볼크에게 공포를 주고 있는 존재가 이러한 장소를 만들었단 말인가?'

아테나는 여기까지 따라와 준 아르비스에게 힘을 불어넣었다.

아테나의 권능이 방해요소들을 밀어내면서 아르비스의 감각이 원래대로 돌아왔다.

"아!"

시각과 청각이 돌아오자마자 아르비스는 자신도 모르게 탄성을 질렀다.

그녀는 아테나의 미소를 보고 마주 웃었다. 이전까지 보이던 독기가 완전히 빠진 순수한 미소였다.

"내려가세. 아이기스 말고도 많은 것들이 우리를 기다릴 것 같군."

"응, 군신님!"

둘은 지하로 내려갔다.

계단에 미치는 빛이 거의 사라질 무렵 계단 좌우에 위치한 횃불들이 일제히 켜졌다.

"연료를 이용한 불은 아니군."

아테나는 손을 뻗어 횃불의 불꽃을 쥐어봤다.

"뜨겁지 않아. 하지만 축적된 힘은 상당해."

그녀는 손에 쥐었던 불꽃을 털어내며 계단의 저편을 바라봤다. 그 끝은 커다란 석화에 가로막혀 있었다.

머리카락이 크고 작은 뱀들로 이뤄진 여성과 무기를 든 남자의 사투가 그려진 그 석화를 본 아테나는 쓴웃음을 지었다.

"올림포스의 신화로군."

"그래?"

올림포스 담당이 아니었던 아르비스는 아테나와 함께 계단을 계속 내려가며 석화를 면밀히 관찰했다.

"그림 속의 여성은 메두사라는 이름의 사제였다네. 내 신전에서 나를 모시는 사제들 가운데 가장 신에 가까운 인간이었지. 하나 나도 모르는 사이에 포세이돈님의 첩자가 되었고 포세이돈님에게 아테네가 공격당할 때 그 길을 열어버리고 말았네."

설명을 들은 아르비스는 어느새 코앞까지 닥친 석화를 보며 인상을 썼다.

"머리털이 전부 뱀으로 묘사됐고… 얼굴도 흉악하잖아?

혹시 군신님이 저주를 건 거야?"

"사제들은 신에게 모든 것을 바치면서 힘을 얻게 된다네. 그러나 배신과 동시에 나와 포세이돈님의 권능이 그녀의 몸속에서 충돌했고 결국 저런 모습이 되었네. 나는 그녀를 용서하고 구원하려 했지만 그녀는 스스로에게 부여한 공포에 미쳐 자신의 자매들과 함께 올림포스와 티탄족의 땅 사이에 흐르는 경계의 강을 건너고 말았지."

아테나에겐 좋은 기억이 아니었기에 그녀는 눈을 감고 고개를 흔들었다.

"그럼 저 남자는?"

"영웅인 페르세우스일세. 그는 나와 아폴론의 부탁을 받아 모험을 했고 그 여행 도중 메두사를 처치했네. 그리고 긴 여행을 마친 뒤 돌아와서 메두사의 머리를 나에게 주었지. 그 메두사의 머리를 이용해 만든 것이 아이기스일세."

"군신님이 필요성을 느낄 만큼 메두사의 통찰력이 뛰어났던 거야?"

아이기스에 대해서만큼은 어느 정도 정보를 갖고 있던 아르비스는 그 기원에 대해 질문했다.

"그녀의 통찰력은 분명 타고난 것이지만 신에 준하는 것은 아니었네. 하지만 온갖 일을 겪고 결국 불사의 괴물까지

되어버리면서 그녀의 능력 역시 권능에 가까워졌다네. 목만 남게 된 메두사는 나를 어떻게든 돕고 싶다며 애원했고, 난 제우스님과 헤파이스토스님께 부탁하여 아이기스를 만들었다네. 그리고 아이기스는 터무니없이 강력한 무장으로 변했지. 신이 일으킨 기적과는 관계없는 진짜 기적이 일어난 것이야."

설명을 마친 아테나는 석화에 손을 댔다.

"일단 아이기스는 그러한 사연을 가진 물건이네만… 이 벽은 특이하군. 언제 제작되었는지 알 수가 없다네."

"적어도 이 성보다는 오래됐잖아?"

"이 위에 성이 세워졌다는 말이 옳겠지."

아르비스는 석화를 다른 시각으로 살펴봤다.

"올림포스와 관련된 석화니까 군신님이라면 간단히 열 수 있지 않을까?"

"이것은 올림포스 멸망 후에 만들어진 물건이라는 것만이 분명할 뿐, 올림포스와는 아무 관련이 없네. 제작기법 자체가 다르지."

"흠, 그럼 어떻게 열지?"

대답 대신 아테나의 오른손에서 지노그가 소환되었다.

"본래는 주신계의 허락을 받아야 하는 것 같지만 내 물건을 내가 찾는 것이니만큼 그러한 수고를 할 필요는 없겠지."

아테나는 말을 마치자마자 지노그로 석화를 찔렀다.

석화의 결합구조가 모조리 풀리면서 발생한 대량의 모래가 두 여성의 허리 위까지 올라올 만큼 높게 쌓였다.

권능을 이용하여 모래들을 전부 뒤로 물린 아테나는 지노그를 거둔 후 아르비스와 함께 석화가 가로막고 있던 지점을 통과했다.

문의 역할을 하던 석화의 뒤편에는 돌을 깎아 만든 승강기가 놓여 있었다.

승강기 역시 아테나가 이용한 계단과 마찬가지로 사람 수십 명이 들어가고도 남을 만큼 컸다.

"꽤 편리해 보이는 물건인데?"

"하지만 이것 역시 주신계의 허락 하에 움직이는 장치일세. 우리는 더 빠른 지름길을 택할 수밖에 없네."

아테나가 발을 굴렀다.

승강기의 바닥이 부서져 꺼지고 둘은 지하를 향해 낙하했다.

아테나에 의해 보호를 받고 있는 아르비스는 어이없다는 얼굴로 상대를 봤다.

"그거 알아? 당신 진짜 거칠어졌다니까?"

"……"

승강기 통로를 벗어나 안쪽 공간에 돌입한 둘은 각자의 눈을 의심했다.

안에 있는 것은 도시의 폐허였다.

그 반구형의 공간은 바닥에만 건물이 있는 것이 아니라 천장 전체에도 쭉 깔려 있었다. 중력이 아래쪽이 아니라 바깥쪽으로 작용하지 않는 한 그렇게 만드는 것이 불가능한 광경이었다.

도시 전체는 푸르스름한 빛을 품은 안개에 덮여 있었다. 그리고 그 안개는 스스로 빛을 냈다.

"여긴 대체 뭐야? 누가 만든 거지?"

"올림포스……!"

아테나의 표정이 일그러졌다.

"올림포스라고?"

"그렇다네!"

분노한 아테나가 아르비스를 낚아챈 후 두 팔로 받쳐 안은 뒤 급강하했다.

도시 전체가 흔들릴 만큼 강하게 착지한 아테나는 안고 있던 아르비스를 내려준 후 도시에 깔린 안개에 손을 내밀었다.

"대체 누가 이런 짓을 했단 말인가? 왜 올림포스의 일부가 뒤틀린 채로 이곳에 있는 것인가? 누가 대답을 해다오!"

안개들이 아테나를 향해 몰려들었다. 아르비스는 그 달짝지근한 향과 맛을 가진 안개의 정체가 궁금했다.

"그것들은 뭐야?"

아르비스는 질문을 하자마자 그 안개에 휩싸인 채 분노를 억누르고 있는 아테나의 모습을 보고 입을 다물었다.

아테나가 오른손을 옆으로 내밀자 안개들이 그 손에 뭔가를 바라듯 달라붙었다.

"이들은 내 동포들의 망령일세."

"동포들의 망령이라고?"

"이 공간은 올림포스의 일부일세. 그것도 제우스님께서 나에게 내려주신 장소란 말일세!"

다시 눈을 뜬 아테나는 안타까움에 젖은 얼굴로 그 공간 전체를 둘러봤다.

"지금은 이렇게 폐허가 되었지만 이 공간의 중심이 된 저 신전의 모양부터 바닥에 사용된 돌의 배열까지도 그때와 동일하다네. 올림포스가 멸망할 때 함께 붕괴했을 것이라 생각했지만 설마 이들을 죽지도 못하는 존재로 만들면서까지 유지를 시키다니……! 대체 어떤 자의 짓이란 말인가!"

아테나의 목소리가 점차 슬픔으로 젖어들었다.

나름 냉정하게 현재의 장소를 분석하고 기억을 되짚어

보던 아르비스는 이윽고 결론에 도달했다.

"공법은 잘 모르겠지만 거의 동일한 모습으로 보존되고 있는 장소가 단 한 군데 있어."

"이곳 말고 또 있다고?"

"그래. 하지만 내가 가진 정보가 반드시 옳다고 할 수는 없어. 그러니 군신님도 섣불리 행동하지 마."

"대체 어디인데 그런가?"

아테나가 재촉하자 아르비스는 내심 재미를 느끼면서도 진지하게 말했다.

"발할라야. 알지? 오딘이 살고 있는 곳 말이야."

"……."

부릅뜬 눈으로 아르비스를 바라보던 아테나는 이내 그녀의 손을 다시 붙들고 폐허가 된 자신의 신전으로 향했다.

"솔직히 대답해 주게, 아르비스여. 이 우주에는 프라임들의 시간마저 뒤집을 수 있는 존재가 얼마나 되나?"

"내가 알기로는 아우터 갓까지 포함하여 오딘이 최초야. 사이악스 프라임께서 관심을 가지신 이유도 그것 때문이고."

"사냥꾼들은?"

"가능성이 가장 높긴 하지만 만약 가능하다면 그들은 그 힘으로 우리를 박살 냈겠지! 제길, 엉망이야! 사이악스 프라임께서 오딘이 놓친 그 미세한 허점을 발견하지 못하셨다면 이 사건도 여기까지 오진 않았을 거라고!"

"아아, 자네 말대로 일이 이렇게 커지진 않았겠지! 그렇다고 오딘님이 짠 미지의 계획이 성공하지도 않았을 것이네!"

"응?"

아르비스는 눈앞의 여신이 대체 무슨 소리를 하는지 알 수가 없었다.

"그 계획은 들킬 것을 전제로 실행된 것이네!"

아테나가 한층 더 목소리를 높였다.

"들키지 않았다면 프라임 사이악스라는 거대한 존재가 우리 앞에 드러날 이유가 없었을 것이란 말일세!"

"대체 무슨 말을 하는 거야? 미쳤어?"

"자네와 내가 만난 과정을 떠올려 보게! 쉬프터의 존재가 폭로되지 않았으면 우리가 여기까지 올 이유가 없지 않나?"

"하지만 실제로 오딘의 힘에 의해 시간이 되돌려졌잖아? 사이악스 프라임께서는 상당히 불쾌해하셨다고!"

둘이 신전 안으로 들어가자 매우 부정적인 힘이 그들에게 닥쳐왔다.

공포라는 개념에 가까운 힘의 성질은 아테나와 아르비스

모두를 불쾌하게 했지만 아테나의 걸음은 늦춰지지 않았
다.

"나보다 사이악스를 더 오랫동안 지켜본 자네라면 잘 알
겠지! 오딘님과 사이악스가 정면으로 대결했을 때 그 승패
는 어떨 것 같나?"

거의 질질 끌려가다시피 하게 된 아르비스는 마치 고문
용 도구처럼 자신을 묶고 있는 아테나의 손을 보고 거짓말
이라도 하지 않으면 큰일이 나겠다는 느낌을 받았다.

"프라임들께서 분노하시면 우주는 그냥 끝이야! 오딘 따
위가 상상할 수 있는 상황과는 거리가 한참 먼 일이 벌어진
단 말이야!"

"시간을 되돌릴 수 있어도?"

"의미 없다니까!"

아테나가 그 빠른 걸음을 멈췄다.

"어째서 그렇지?"

"그건 말 못해! 죽어도 말할 수 없어!"

"……."

"아무튼 오딘이 우리 동포들이 짠 아우터 갓의 명단에
서 벗어날 만큼 강력한 존재라고 해도 프라임들께서 분노
하시면 그냥 야생 잡종일 뿐이야! 그것만큼은 보장할 수
있어!"

아테나가 손을 통해 감지한 아르비스의 말은 진담이었다. 그러나 아르비스가 죽어도 말할 수 없다는 부분만큼은 읽어내지 못했다.

설령 아르비스를 완전히 해체할 만큼의 힘을 가한다 해도 읽는 것이 불가능할 만큼 단단한 오류가, 아니 오류라고 인식할 수밖에 없는 어떤 힘이 아테나를 방해했다.

"그렇다면 오딘님은 본질도 모르는 존재의 시간을 역전시키신 것이군! 그런 착각을 하시게끔 만든 존재가 누구란 말인가?"

"내가 어떻게 알아?"

아테나는 결국 긴 숨을 내쉬며 자신을 진정시켰다.

'생각하라, 아테나여! 군신이여!'

길게 생각할 것도 없었다.

'과거, 올림포스에서 이 아테나를 완벽히 속일 수 있는 존재는 제우스님뿐이었지. 그렇다면 프라임을 속일 수 있는 자는 누구인가?'

프라임의 창조주.

지금껏 상상조차 못했던 개념이 아테나의 머릿속에 떠올랐다.

"가세."

우주적인 절망감에 빠진 아테나는 공포심을 억누르며 신

전의 중앙으로 향했다.

그들이 신전의 마지막 문을 열자 신전 안에 흐르는 힘의 근원이 모습을 드러냈다.

흰색의 가죽을 씌운 원형의 방패였다.

방패의 중앙에는 머리카락이 온통 뱀으로 된 여자의 머리가 장식물처럼 붙어 있었다.

그 머리의 두 눈은 직사각형의 황금색 철판과 나사로 단단히, 그리고 끔찍한 형태로 봉쇄되어 있었다.

아테나는 조금 더 강한 보호의 권능을 아르비스에게 직접 걸어준 뒤, 머리와 눈을 가리는 철판을 손으로 잡아 뜯었다.

철판과 나사가 날아가면서 머리가 눈을 떴다.

눈을 뜨는 것과 동시에 발산된 힘이 대리석의 신전 전체를 그다지 가치 없는 돌덩어리들로 바꿔놓았다. 아테나가 권능으로 아르비스를 보호하지 않았으면 그녀도 돌이 될 판이었다.

그 머리의 눈동자가 아테나 쪽으로 움직였다.

"아테나님."

"메두사여."

아테나는 두 팔로 방패를 힘껏 껴안았다.

"모르는 사이에 굉장히 다른 존재로 변하셨군요. 지노그까지 갖추시고……. 하지만 그 늠름함의 뒤에 있는 절망은 무엇입니까?"

"통찰력은 여전하군."

"뇌조차 제거된 저에게 마지막으로 남은 능력이지요."

메두사의 말에 아테나가 구슬피 웃었다.

"자네의 힘이 필요하네."

"하지만 승리하실 생각은 없어 보이시는군요."

아테나는 아이기스를 들어서 메두사와 시선을 맞췄다.

"이미 패배했거든. 유린당했다고 해야 할까?"

"상관없습니다. 당신과 함께 하실 분이 드디어 생긴 것 같으니까요."

메두사가 눈웃음을 지었다.

"저를 사용할 자가 누구인지 오랫동안 상상해 봤답니다. 하지만 군신께서 저를 다시 선택하실 줄은 몰랐지요. 감격하여 다시금 맹세하겠습니다. 당신을 위해 무엇이든 하겠습니다, 군신이여."

그녀의 충성심에 아테나는 감동하면서도 고개를 흔들었다.

"아니, 자네는 이제 쉬어야 하네. 부디 영면에 들어 이 아테나의 일부로서 살아주게."

"아이기스가 아니라 메두사로서 좀 더 많은 이야기를 들고 싶었습니다만……."

메두사가 다시 눈을 떴다.

"군신이여, 따르겠나이다."

"부탁하네."

아테나는 아이기스를 가장 효율적으로 다룰 수 있는 방법을 알고 있었다. 제우스가 아이기스에 저주처럼 부여한 권능을 거둬들여 그 개념 자체를 다루는 것이었다.

"아, 한 가지 여쭙겠습니다."

메두사가 물었다.

"이야기하게."

"절망하시면서도 저를 거두시는 이유가 무엇입니까?"

"꼭 다시 뵙고 싶은 분이 계시기에 그렇다네."

"당신을 모셨고, 당신을 배반했고, 당신께 다시 거둬들여졌던 자로서 정말 기쁘군요. 세상에, 남자라니… 후후."

"나와 주인님은 그런 관계가 아닐세."

"흠, 그러시겠지요."

표정을 자유롭게 바꿀 수 없는 메두사는 눈웃음으로 행복함을 대신 표현했다.

조금 뒤, 아테나가 입고 있는 옷 위에 목탄으로 그린 것과 같은 무늬가 떠올랐다.

그 무늬는 뱀 모양의 머리카락을 가진 여성의 얼굴을 마치 글자처럼 최대한 단순화시킨 것이었다.

"함께 이 세상의 끝을 보세. 고르곤 자매의 막내, 메두사여."

# CHAPTER 98
간섭하지 않는 자

"그렇게 아이기스를 얻은 후 그 통찰의 권능을 이용하여 세상을 다시 살펴봤습니다. 하지만 기대한 것 이상의 답을 얻을 수는 없었습니다. 알게 된 것은 하이볼크와 제홉, 아롤이 지배하는 세계의 정확한 크기였지요. 사이악스와 쉬프터들이 본거지로 사용하는 장소를 알아낼 방법은 없었습니다. 그것은 지금도 마찬가지입니다."

그것으로 수십 일 동안 있었던 일들의 회상을 마친 아테나는 전의를 상실한 표정으로 이야기를 계속했다.

"사실 아주 단순한 문제였습니다. 이 우주가 아무리 우연

의 산물이라 해도 프라임과 같은 존재가 발생하여 진화한
다는 것은 말이 안 되겠지요. 그것은 시간이 해결해 줄 수
있는 일이 절대 아닙니다."

아테나는 자신의 곁에서 아른거리고 있는 황색의 빛을
봤다.

"당신께서 프라임들을 만드신 이유가 무엇입니까?"

"필요했기 때문이지요."

아주 솔직하고 확실한 대답이었다.

"어째서 그만큼 막강한 존재가 필요했습니까?"

"막강한 존재라… 음, 그래요, 본격적으로 이야기해 보도
록 하지요. 그전에 질문할게요. 이 우주는 왜 검은색일까
요?"

"우주 전체를 비춰줄 만한 빛이 없기 때문이 아닙니까?"

"그렇지요. 하지만 우리가 있는 우주의 바깥쪽은 온통 하
얀색이랍니다. 햇볕이 살균력을 가진 것처럼 그들은 자신
들과 다른 존재를 전혀 인정하려 들지 않아요."

아테나는 방금 그 빛이 이야기한 존재가 사냥꾼과 관련
이 있을 것이라고 생각했다.

"그들이 사냥꾼 자신, 혹은 사냥꾼들을 이곳에 보내는 자
들입니까?"

"어머, 역시 똑똑하군요."

그렇다면 그들이 진정한 악일지도 모른다. 아테나는 잠깐 그렇게 생각했다가 바로 진정했다.

'저 존재가 가진 지식과 힘에 매혹되어선 안 돼. 이것은 시련이다. 저 존재는 나를 시험하고 있어.'

몸싸움으로 맞설 수 있는 상대는 분명히 아니었다. 그러나 상대는 이번 싸움의 룰을 '대화'로 택했고 그런 이상 아테나는 숨길 것 없이 그 신비의 존재와 맞서기로 했다.

"그들이 살고 있는 세계이자 그들 그 자체인 하얀색의 우주는 우연을 부정한답니다. 우리와는 다르지요. 당신도 알다시피 우리의 세계에서는 이 시간에도 수많은 생명과 그 터전이 우연히 만들어지고 있답니다. 그리고 각각의 생각을 소중하게 품은 채 살아가지요. 저는 그 모든 것들을 지킬 필요가 있다고 생각했어요."

황색의 빛이 이야기했다.

"그래서 탄생한 것이 프라임이라는 존재입니까?"

"맞아요. 그리고 그것이 이 세계에 대한 저의 첫 번째 개입이었지요. 그 전까지는 모든 우연들을 자유롭게 즐길 뿐이었어요."

아테나는 상대가 자랑스럽게 웃고 있다고 느꼈다.

"저의 첫 친구는 프라이오스였어요. 하지만 그는 지키려는 마음이 너무 강한 나머지 오히려 나약한 존재가 되고 말았답니다. 우주 전체를 망가뜨리는 애송이죠."

"…나약함의 기준이 이상하군요."

"저도 당신의 기준을 이해하진 못해요."

상대가 어떠한 존재인지 대충이나마 가늠을 한 아테나는 반박을 하지 못했다.

황색의 빛이 이야기를 계속했다.

"프라이오스는 당신들이 사냥꾼이라 부르는 존재들처럼 경작지 내에서 일어나는 사소한 우연조차 부정하고 자신의 곁에 있는 존재들과 자신의 규칙만을 지키려고 했지요. 그런 아이는 장차 큰일을 못하는 법이에요."

"……."

"그래서 그를 도와줄 친구를 생각해 봤답니다. 어떤 일이든 반드시 이유가 있을 것이라 생각하고 깊게 탐구할 수 있는 친구를 말이지요."

그런데 그 뒤에 아테나의 귀에 들려온 것은 한숨 소리였다.

"하지만 그 친구는 지나친 탐구심으로 인해 자신은 물론 다른 존재의 희생까지도 전혀 아쉬워하지 않았어요. 그런데 신기하게도 프라이오스와 그는 만나자마자 의심 없이 친구가 됐고 서로를 보며 스스로를 자제하게 되었지요."

"사이악스의 이야기입니까?"

"맞아요. 제 친구들 가운데 가장 때려주고 싶은 말썽장이지요. 당신은 사이악스를 꽤 좋게 평가하고 있더군요."

아테나는 은근슬쩍 넘어가려다가 생각을 바꿨다.

"사이악스와 대화하고 싶습니다."

"예? 그건 무리에요. 그가 싫어할 거라고요."

황색의 빛이 한 차례 반짝거렸다.

"이 절망적인 무대를 만든 분께 목숨을 내걸고 청하는 것입니다."

"당신의 목숨에 그만한 가치가 있다고 생각하나요?"

우주의 어둠처럼 싸늘한 목소리였다.

"물론입니다!"

아테나는 일행들이 깨건 말건 상관없이 큰 목소리로 답하며 일어났다.

"이 아테나는 당신에게 있어서 그 무엇과도 바꿀 수 없는 단 하나뿐인 존재입니다! 이 우주에 존재하는 모든 생명체들과 마찬가지로 말입니다!"

가만히 그 답을 음미하던 황색의 빛이 아테나의 몸에 기습적으로 달라붙었다.

"정답이에요."

그것은 어머니가 아이를 껴안는 듯한 모습이었다. 실제로 그 빛이 표현하는 분위기 때문인지 아테나 역시 그리움을 느꼈다.

"사이악스 프라임은 지금 매우 바쁘답니다. 하지만 이렇게 좋은 기회를 준다면 그는 분명 기뻐하겠지요. 그의 본체를 불러올 수는 없지만 의식을 데려올 수는 있으니 조금만 기다리세요."

황색의 빛 바로 옆에서, 정확히는 아테나의 앞에서 푸른색의 빛이 일어났다.

그 빛의 장막을 걷어내며 나타난 것은 반투명한 모습의 프라임, 사이악스였다.

사이악스는 황색의 빛이 있는 장소와 아테나, 그리고 자신의 위치를 정확히 파악한 후에 한숨 소리를 냈다.

"주인이시여. 이번에는 당신의 뜻을 알 수 없어 혼란스럽습니다."

"대화의 자리랍니다, 사이악스여. 아테나님과 꾸밈없이 솔직하게 이야기를 나누세요."

"음……."

사이악스는 신중한 몸짓으로 가면 밑에 왼손을 댄 뒤 아테나를 살펴봤다.

"조건이 있습니다, 주인이시여."

황색의 빛, 아니 모든 쉬프터들이 '주인' 이라 부르는 그 존재는 조건이라는 말을 듣자 자신의 일부를 길게 늘어트

리더니 사이악스의 엉덩이 부분을 찰싹 때렸다.

"또 심술이네요. 개구쟁이 같으니."

"저 신이 주인님을 인식하고 대화를 한 시점에서 저와 숨김없는 대화를 할 자격을 얻은 것은 인정합니다. 하지만 주인이시여, 그것은 곧 저 신에게 감당할 수 없는 큰 시련이 닥친다는 사실과 같습니다."

아테나가 듣기에 사이악스의 말투는 예전에 만났을 때와 아주 큰 차이가 있었다. 일단 목소리부터가 어머니를 대하는 아들의 그것처럼 들렸다.

"아테나님을 걱정하는 것인가요? 당신이요?"

"그렇습니다."

"웬일로요?"

"저 신은 이미 가망이 없습니다."

그 시점에서 아테나는 사이악스가 정말 숨김없이 이야기하고 있음을 깨달았다.

"올림포스의 모든 신들이 가지고 있던 힘의 복사본이 저 신의 몸속에서 활성화하고 있습니다. 경작지에서 정한 신의 한계점을 이미 뛰어넘었기에 예전과 동일한 방법으로 체력을 비축하는 것은 불가능합니다. 다른 아우터 갓들처럼 존재 유지를 위해 행성을 섭취하는 것으로 시작하여 차츰 항성과 항성계, 은하를 섭취하는 단계에 이른 후 결국 자멸하거나 스스로 성장을 멈추게 될 것입니다."

"알아요."

주인의 한마디에 사이악스는 뭔가를 참듯 고개를 뒤로 젖혔다.

아테나는 사이악스가 자신의 힘이 증가하고 있는 이유를 정확히 파악하고 있는 것에 상당히 놀랐다.

"제가 너무 주제넘은 말을 한 것 같습니다."

"아니에요. 재밌었어요. 당신이 남을 걱정하는 모습도 인상적이었고 말이죠."

주인은 계속해서 빛의 무리로 사이악스의 엉덩이를 토닥거렸다.

"그런데 그렇게 걱정하면서 왜 아테나님을 지금까지 내버려 뒀나요? 당신이라면 다양한 방법으로 도움을 줄 수 있었을 텐데 말이죠."

"음… 역시 아셨습니까, 주인이시여?"

"물론이죠."

아테나가 당장은 이해할 수 없는 대화였다.

"진실의 절반을 말씀드리자면 저 신이 자신에게 주어진 힘을 과용할 존재는 아니라고 판단했기 때문입니다. 그러나 자리가 이렇게 마련되었고 주인님과도 마주했으니 저 신의 운명은 분명 바뀔 것입니다."

아테나가 이전까지 보고 느낀 사이악스는 사기꾼에 가까운 장사치의 느낌이었다.

이익을 위해 모든 것을 지켜보고 작은 손해를 감수하며 기다리다가 때로는 별것 아닌 존재들에게도 고개 숙이고 아첨하는 것을 절대 주저하지 않는 자.

그것이 아테나가 정리한 사이악스였다.

그러나 지금의 사이악스는 상당히 젊고 정열적이었다.

"그보다 매우 큰 실례를 계속 저지르네요, 나의 친구여."

주인이 지적했다.

"제가 한 실례를 깨닫게 해주십시오, 주인님."

"이름을 부르며 존중해 주세요. 아테나님은 여성이고 또한 처녀입니다."

"하아."

사이악스가 한숨을 터뜨렸다.

"솔직하게 대하라고 하셨기에 그 뜻을 따르고 있는 것뿐입니다."

"제가 그렇게 어려운 부탁을 하는 것도 아니잖아요?"

"음… 그렇다면 방금 전에 이야기하려다 말았던 조건에 대해서 다시 말하겠습니다, 주인이시여."

"흥, 그러세요."

실로 젊은 엄마와 젊은 아들의 대화 분위기였다.

"올림포스의 군신이여."

사이악스가 아테나 쪽으로 고개를 돌렸다. 의식에 불과하기에 사이악스는 그 특유의 압도적인 힘을 발산하지 못했지만 덕분에 아테나는 이전까지 몰랐던 그의 깊이를 알 수 있었다.

"그대가 나의 흥미를 끌 수 있는 이야기를 지금 당장 할 수 있다면 나 역시 모든 것을 터놓고 이야기할 것이다. 주인님 앞에서 나의 모든 것을 걸고 약속하지."

"알겠습니다."

아테나가 그에 응했다.

"당신은 왜 오딘님에게 속은 것처럼 행동하셨습니까?"

"괜찮군."

사이악스가 팔짱을 꼈다.

"이제 그대를 인정하겠소, 군신 아테나여. 알고 싶은 것에 대해 말씀하시오."

그는 정중하게 아테나를 대했고 더불어 경직되었던 분위기도 풀었다.

황색 빛을 내고 있는 주인은 일반 여성의 두 배에 가까운 키를 자랑하는 사이악스의 두건 위쪽까지 몸을 늘려 그의 머리를 쓰다듬어주었다.

"그렇다면 방금 전 제가 한 질문에 대해 대답해 주십시오, 사이악스 프라임이여."

"오딘 말이오?"

사이악스는 가만히 있다가 주인이 있는 옆을 봤다.

"시간이 조금 길어질 것 같은데, 괜찮겠습니까?"

"프라이오스를 믿으세요. 다른 프라임들에게도 당신의
상태에 대해 이야기해놨답니다."

"알겠습니다."

사이악스가 다시 아테나를 응시했다.

"오딘은 분명 아우터 갓으로서 시간을 되돌리는 능력을
갖고 있소. 그러나 프라임의 시간까지 되돌리는 것은 불가
능하오. 설령 그 어떤 우연이라 해도 말이오."

"당신이라는 존재가 인과율에서 완전히 벗어났기 때문이
겠지요. 맞습니까?"

"그렇소. 과연 지혜롭구려."

사이악스가 연거푸 고개를 끄덕거렸다.

"그렇다면 시간이 되돌려졌다는 것을 알면서도 방치하신
이유는 무엇입니까?"

"방치한 것은 아니라오. 나뿐만 아니라 3번 경작지 전체
의 시간이 실제로 되돌려졌소. 그리고 다른 프라임들은 나
에게 그러한 시차오류가 있음을 지적하지 못했소."

"프라임을 그렇게 농락할 수 있는 자가 정말 존재한다는

말씀이십니까?"

"물론이오."

사이악스는 대답 뒤에 씁쓸한 웃음소리를 붙였다.

"여기 계시지 않소?"

그는 자신의 곁에서 아른거리고 있는 주인을 손으로 부드럽게 가리켰다.

주인은 그에 응하듯 아테나를 향해 반짝반짝 빛을 냈다.

"시간이 되돌려졌음을 알았을 때 오딘이 아니라 주인께서 하신 행동임을 어렵지 않게 깨달았다오. 하지만 오딘을 아우터 갓으로서 일깨워준 존재의 의심을 피하기 위해서는 나부터 나의 어린 동포들을 속일 수밖에 없었소."

"오딘님을 일깨워준 존재라니, 무슨 말씀이십니까?"

"주인님께서 나에게 아직 설명을 해주시지 않은 관계로 나도 확정적으로 말을 할 수는 없지만 어느 정도 짐작하고 있는 존재는 있소. 아니, 분명 그 존재일 것이오."

"어떤 존재란 말입니까?"

아테나는 호기심이 터진 소녀처럼 질문만을 해대는 자신이 참으로 불쌍하기까지 했으나 그 추한 행동을 그만하고 싶지는 않았다.

인간에게 적용되는 '일생일대의 기회'가 바로 지금이라 느꼈기 때문이다.

사이악스도 그녀가 과열되었다는 것을 느꼈지만 그 역시 소와 돼지 취급을 해온 경작지 내부의 신과 진심으로 회화를 나눈 적이 없기에 자세를 흐트러트리지 않았다.

"우리 쉬프터와는 긴 악연을 가진 존재라오. 예상으로는 사냥꾼들의 위에 군림하는 존재, 혹은 하얀 우주 그 자체를 대변하는 존재 같지만 명확하게 밝혀진 바가 없어서 예상만 하고 있을 뿐이오. 프라이오스는 아는 것 같지만 그가 말을 하지 않으니 알 수 없더구려."

아테나는 '그 존재'라는 것을 프라임 정도 되는 자들이 왜 정확히 모르는지 오히려 궁금했다.

"아무튼 우리 프라임들은 사냥꾼들에 의해 수많은 어린 동포들이 희생되는 것을 그저 지켜보는 수밖에 없었소."

사이악스의 가면에서 빛이 흘러나왔다. 쉬프터들이 감정적으로 격앙되었을 때 그러한 면이 나타난다는 것을 얼핏 알고 있는 아테나는 그의 다음 이야기를 기다렸다.

"만약 우주에 있는 모든 프라임들이 결심을 한다면 그 존재를 밝혀내고 붙잡아 결국 쓰러뜨릴 수 있을 것이오. 얼마 전에 있었던 회의에서 나를 포함한 모든 프라임들이 나름대로 대처할 방안을 찾고 있긴 하더이다. 그러나 아무도 그 존재의 완전 규탄을 택하진 않았소."

사이악스가 이야기하는 사이 그의 뒤편에 흰색의 큰 의

자가 생성되었다.

주인이 직접 만들어준, 사이악스와 마찬가지로 형태만 갖고 있는 의자였다.

"저는 의식이 구현된 것일 뿐이라 그리 힘들지 않습니다, 주인이시여."

"음, 아니에요. 역시 프라임들은 앉아서 이야기를 해야 멋있어요."

버릇대로 가볍게 탄성을 흘린 사이악스는 주인이 원하는 바에 따라 자리에 앉았다.

"아테나님도 앉으시오. 보기가 미안하구려."

사이악스가 손을 뻗어 앉을 것을 권했다.

"실례하겠습니다."

아테나는 자신이 앉아 있던 자리에 다시 앉았다. 사이악스와 마주보는 구도는 아니었지만 사이악스와 아테나 모두 그러한 형식에는 신경 쓰지 않았다.

"그럼 이어서 이야기하겠소."

사이악스가 말했다.

"만약 그러한 존재가 실제로 있다고 가정했을 때, 그 존재의 완전한 규탄은 곧 하얀색의 우주에 살고 있는 모든 것들과 전면적으로 싸우겠다는 말과 다름없소. 그리된다면 희생되는 것은 쉬프터들로 끝나지 않는다오. 최악의 경우 경작지 내의 생명체를 제외한 전 우주의 생명체들이 죽을 것이오. 프라임이 악몽으로 변해도 같은 일이 일어나니 결코 무리는 아니오."

"그렇다면 계속 그 존재라는 것을 내버려 두겠다는 뜻입니까? 희생을 감수하면서?"

"모든 것을 감수하는 것은 우리 프라임들의 의무라오. 그대들이 아무리 오랜 시간을 들여도 인식조차 할 수 없는 이 광대한 영역을 지켜보고 수호해야 할 자들의 책임이오."

사이악스는 자신의 가면에 손을 댔다.

"그대는 수호신으로서 타고났고 오랜 시간을 살아온 자이기에 잘 알 것이오. 간단히 예를 들리다."

사이악스의 가면이 다시 빛을 냈다.

"인간들의 배를 채우기 위해 도륙되는 동물들, 원치 않는 상대와 강제로 교배된 끝에 비정상적으로 자라는 가축들과 곡식들, 호의에 의해 목이 잘리고 아름답게 장식되는 꽃들 등등. 그대는 아테네라는 도시의 '모든 것'을 수호하는 자로서 그와 같은 학살과 생체실험을 왜 그냥 두셨소?"

아테나는 사이악스가 예로 든 그 모든 것들이 수호신인 자신을 원망하여 죽었다는 것을 잘 알고 있었다.

번영을 위해 그 모든 것들을 인정하고 결국 흘려듣게 되어버린 자신의 모습도 뚜렷이 기억하고 있었다.

"아테나여. 한 경작지 내의 신계가 몇 개인지 그대는 알고 있소? 어린 동포들에게는 적용되지 않지만 나에게는 각 신계의 생명체들이 터뜨리는 공포와 절망, 원망, 비명이 모두 들린다오. 난 지금도 그것들을 들으며 당신과 이야기하고 있소."

"……."

"주인님께서 그러한 능력을 우리에게 부여하셨고 나의 친구인 프라이오스는 그 모든 것들로부터 결국 공포를 느껴 매우 보수적인 성격을 갖게 됐소. 그러나 그 친구와 나를 포함한 모든 프라임들은 수호자로서 그 모든 것들을 존중해 주기로 했소. 하나 그 존중이야말로 이기심의 끝이 만들어낸 최악의 변명일 것이오. 단순히 방치하는 것에 불과하니까 말이오."

"결론을 말씀해 주십시오, 사이악스여."

아테나가 사이악스의 가면에 흐르는 빛에 맞서듯 눈을 빛내며 물었다.

"이 아테나에게 이대로 지켜보기만 하라는 뜻입니까?"

"성급하구려. 그대는 그대가 원하는 일을 계속 하면 된다오."

"사방이 온통 절망인데 계속 하라니, 무엇을 말입니까?"

"싸우시오. 그 절망과 말이오."

사이악스가 의자에서 일어나 아테나의 앞에 자리 잡은 뒤 천천히 앉았다. 사이악스의 하얀 옷이 차근차근 접혀가는 모습에서 아테나는 눈을 뗄 수가 없었다.

"그대가 수호신으로서 끝까지 싸우는 한 나는 수호자로서 그대를 지켜줄 것이오. 이것은 맹세라오."

사이악스의 말에는 조금의 망설임도 없었다.

"아, 드디어 당신이 사리사욕을 드러냈군요! 멋있어요, 친구여!"

사이악스의 옆에 있는 주인이 빛의 모습으로 팔짝팔짝 뛰었다.

사이악스는 몸을 숙인 채 아테나를 봤다. 한껏 숙여야만 둘의 시선이 수평을 이룰 수 있을 만큼 덩치의 차이가 컸다.

"주인님께서 계신 한 이 자리는 아무리 프라임이라 해도 가볍게 말을 할 수 있는 자리가 아니오. 나의 말을 장난으로 생각하지 말아주길 바라오. 군신이여."

아테나는 사이악스의 말과 행동을 받아들이기 힘들었다.

"하지만 저를 절망으로 이끄는 상대가 너무 강력하지 않습니까?"

"그대의 힘이 닿지 않는 곳에서 일어나는 싸움은 곧 나의 싸움이라오. 그대가 인간의 싸움에 직접 간섭하지 않았던 것처럼 우리들의 싸움에도 간섭하지 마시오, 군신이여."

그 목소리에 절망으로 녹슬어가던 아테나의 마음이 조금이나마 진정되었다.

하지만 불안감은 여전했다.

"당신은 모든 싸움이 끝난 후에 우리를 지워버릴 것이 아닙니까?"

"음, 그대를 절망하게끔 한 부분이 결국엔 그것이구려. 조금 실망했소."

사이악스가 다시 자신의 자리로 돌아가 앉았다.

"솔직히 말하라고 주인께서 말씀하셨기에 전부 털어놓겠소."

주인이 사이악스의 드넓은 어깨 위에 자리를 새로 잡았다.

"난 그대가 태어났을 때부터 그대를 봐왔소. 갓 태어난 신인 그대가 제우스에게 지노그를 강탈하여 그의 머리를 쪼갠 것은 매우 인상적이었다오. 난 이후 그대를 꾸준히 지켜보기로 했다오."

그가 갑자기 사소한 이야기를 하자 아테나는 불편한 기색을 감추지 않았다.

"그 일 때문에 저와 제우스님… 아니, 아버님 사이에는 깊은 골이 생겼습니다."

"제우스의 입장에서도 황당했을 것이오. 자신의 일부를 받아 태어난 아이가 설마 아우터 갓일 줄 꿈에나 알았겠소?"

그의 말에 아테나의 표정이 확 바뀌었다.

"내가 아우터 갓이라는 말씀이오?"

"음, 그렇소. 물론 제우스도 당신을 아우터 갓이라고 대놓고 규정하지는 못했을 것이오. 용어 자체를 몰랐을 테니까. 규칙에서 벗어나 독립적으로 움직이는 신이라고만 판단했을 것이오. 그것이 아우터 갓의 기본요건이지만 말이오."

사이악스의 어깨에 앉은 주인이 그의 뒤통수를 가볍게 쳤다.

사이악스는 굴하지 않고 자세를 유지한 채 이야기를 계속했다.

"아우터 갓은 흔한 존재인만큼 탄생 방법도 다양하다오. 태아의 형태로 시작하는 신들의 경우 초기 단계에서 규칙을 깨야 할 필요성을 느끼고 아우터 갓이 되는 경우도 많소. 그대가 아우터 갓으로서 태어난 이유는 그대의 모친이 오랫동안 각종 위험에 노출되었기 때문이오. 모친을 보호하려는 그대의 본능적 염원이 그대로 하여금 규칙을 깨도록 만들었고 그대 스스로를 수호신으로서 태어나게끔 했소."

아테나의 기억에는 없는 일이었다.

갓 태어난 신이나 신의 태아는 의식구조가 제대로 갖춰지지 않는 경우가 많기에 그녀라고 해도 어쩔 수 없는 일이었다.

"결국 모친의 죽음 속에 태어난 그대는 제우스의 무장인 지노그를 강탈하고 그 무장을 자신의 것으로 삼았소. 그때부터 지노그는 당신의 것이 되었다오. 이후 제우스는 지노그를 빌려 쓸 수밖에 없었소."

"그럴 수가……!"

자신에 얽힌 진실이 드러나자 아테나는 매우 당황했다.

"듣기 불편할 수도 있지만 니케 역시 그렇다오."

니케의 이름이 나오자 아테나의 안색이 다시 바뀌었다.

"제가 언니에게도 그러한 짓을 저질렀단 말씀이십니까?"

"갓 태어난 신이었던 그대가 니케를 선택했고 신으로서의 격이 떨어지는 니케는 순순히 그대에게 종속되었소. 올림포스의 신들이 그대와 니케 모두에게 위화감을 가지고 당신들을 꺼려한 이유가 바로 그것이오."

주인, 프라임, 사냥꾼 등의 이야기도 충분히 무게감을 갖는 이야기였으나 아테나에게 있어서 니케의 경우는 사적으로서 중요한 문제였다.

아테나는 니케가 무식할 만큼 숭고하게 자신을 위해준 것도, 네오 올림포스에서 스스로 죽음을 택한 것도 니케 스스로의 결정이 아니라 종속으로 인한 기계적 행동이 아니었을까 하는 생각에 감정이 복받쳤다.

"그대와 제우스는 그렇게 평등한 존재가 됐지만 이후 그대가 제우스의 규칙에 익숙해지면서 큰 의미는 없어졌소. 아우터 갓이 한 번 벗어난 규칙의 울타리 안으로 다시 돌아오는 경우는 처음이어서 나로서는 관찰하지 않을 수가 없었다오."

한참 설명을 하던 사이악스는 그녀의 관심이 다른 길에 빠져 있음을 뒤늦게 느끼고는 의자의 팔걸이를 왼손 검지로 두드렸다.

"아테나여, 니케를 의심하는 것이오?"

사이악스는 가면을 만지작거리며 이어서 말했다.

"난 이후 꾸준히 그대를 지켜봤소. 침대 위에서 젖을 기다리던 당신도, 니케의 품에서 겨우 울음을 그치던 당신도, 니케의 손을 잡고 첫 걸음을 떼던 당신도 말이오. 내가 기억하는 것을 그대가 추억하지 못하진 않을 것이오."

"압니다! 모두 기억합니다! 하지만 모든 것이 조작되고, 거짓이고, 상식까지 뒤틀린 이 세계에서 쉽게 받아들일 수 있는 일은 아니지 않습니까?"

사이악스는 다음 이야기를 어찌할까 하다가 이내 체념했다.

"미안하지만 지금은 받아들일 시간조차 부족하오. 좌절하여 내가 그대를 지금껏 보존한 의미를 망가뜨리지 말아 주시오."

사이악스의 말은 아테나에게 다시 충격을 주었다.

"보존이라고 하셨습니까?"

"사용한 단어가 조금 삭막하긴 하지만 하데스가 우리와 손을 잡으려 할 때 당신과 헤파이스토스의 절대 생존을 조건으로 걸어버린 것이 바로 나였소."

"하데스님께서 먼저 제안한 것이 아니란 말씀이십니까?"

"그렇소. 그가 하이볼크와 내통할 때 아테나님과 헤파이스토스의 생존을 배반의 조건으로 건 것도 내가 먼저 그 조건을 걸었기 때문이라오."

"어째서 그런 일을 꾸미신 것입니까?"

아테나는 사이악스가 그렇게 행동한 이유를 꼭 알고 싶었다.

'그런 일'이라는 그녀의 말에 잠깐 할 말을 잃었던 사이악스는 이내 실소를 터뜨렸다.

"프라임으로서의 본분을 잊은 것이오. 그러나 그 실수가 이 위대한 자리에까지 이어졌다오. 매우 다행스러우면서도 감격적이구려."

대답을 마친 사이악스는 긴 한숨을 내쉬었다.

"아테나여. 그대는 지금도 괴롭겠지만 그대의 진짜 싸움은 이제부터라오. 당신은 이 자리에 있었던 이야기들에 대한 비밀을 간직한 채 절망과 맞서 싸워야 하오."

"피할 생각은 없습니다."

그녀가 확실히 말했다.

아테나의 그러한 올곧음을 부하들 모르게 꾸준히 바라봤던 사이악스는 별다른 반응 없이 이야기를 이어나갔다.

"그렇다면 믿고 그대의 운명을 지켜보겠소. 나를 비롯한 모든 프라임들은 회의장에 발생한 문제로 인하여 현재 각자의 경작지로 당장은 돌아갈 수 없는 상태라오. 그러니 나를 대신하여 일을 해주시오. 엠프레스를 비롯한 모든 쉬프터들이 그대를 도와줄 것이오."

"그들이 한때 당신들의 가축이었던 저를 믿고 움직이리라 생각하십니까?"

"지금까지 그대가 해온 모든 행동들이 열매를 맞을 때라고 생각하시오."

사이악스의 어깨 위에서 빛나던 주인이 이윽고 그의 뒷목을 만져주었다.

"이제 떠날 때가 왔군요. 프라이오스 외의 모든 프라임들이 회의장 밖으로 나왔습니다. 당신을 지켜주는 친구는 이제 파이록스뿐입니다."

"알겠습니다, 주인이시여."

사이악스가 의자에서 일어났다.

그들이 떠나려는 모습을 지켜보던 아테나가 용수철처럼 의자에서 벗어났다.

"한 가지 더 묻고 싶습니다! 주인이여, 당신의 능력이라면 프라임들의 의식이 아니라 프라임들의 본체를 이동시킬 수 있을 터인데 왜 이렇게 불편한 방식으로 일을 하시는 겁니까? 저에게 쉬프터들을 맡긴다는 생각을 이해할 수 없습니다!"

"그러한 불편함, 즉 시련이야말로 가능성의 밑거름이기 때문이지요. 당신이 고대의 영웅들에게 시련을 내린 이유와 같답니다."

대답을 한 주인은 방 전체를 가득 채울 만큼 막대한 빛을 냈다.

"다시 만나요, 아테나여. 절망과 싸우세요."

주인과 사이악스의 모습, 그리고 느낌 전부가 사라졌다. 그리고 아테나는 다시 어둠에 남겨졌다.

허탈감에 밀려 의자에 앉아버린 아테나는 자신이 지금도 꿈을 꾼 게 아닌가 하는 생각도 해봤다.

그녀는 감정을 쉽게 추스르지 못했다. 니케의 종속에 대한 사이악스의 이야기 때문이었다.

'내가 언니를 선택하고 그분의 운명을 결정지었단 말인가? 내가 그러한 것을 언니에게 강제했단 말인가?'

그 고민이 워낙 강했기에 아테나는 하이엘바인이 침대에서 일어나는 것조차 느끼지 못했다.

흰색의 빛이 아테나의 앞에서 일어나 그녀를 밝혀주었다.

고개를 들어 빛을 본 아테나는 사색이 됐다.

창에 몸이 꿰뚫려 넝마가 된 니케의 마지막 모습이 너무나 생생하게 놓여 있었다.

"이제 날 걱정하지 않아도 된단다, 아테나."

"언니!"

아테나는 손을 뻗었으나 니케는 '그때'와 마찬가지로 사라지고 말았다.

냄새까지 느껴질 만큼 실감나던 그 환상이 아테나의 마음을 차근차근 가라앉혀 주었다.

"맞아. 그분은 항상 진심이었어."

중얼거린 아테나는 건물의 문 쪽을 돌아봤다.

그 문을 열고 들어온 것은 연보라색의 두건과 망토를 착용한 룩 클래스의 쉬프터였다.

"아테나님. 저의 모든 것을 걸고 당신께 청하려 왔습니다."

그 룩 클래스의 가면에는 큰 흠집이 나 있었다.

그가 자신이 알고 있는 그 룩 클래스임을 확실히 확인한 아테나는 손으로 얼굴을 만지며 표정을 관리했다.

"무슨 일인가?"

"리오 스나이퍼, 그리고 키르히 펙터의 세계를 관리하는 인공의 신 카샤를 당신들께 돌려드리겠습니다. 원하신다면 당신께서 구원해 주신 이 목숨도 돌려드리겠습니다. 그러니 저희를 도와주십시오."

"뜬금없이 찾아와 무슨 말을 하는 것인가? 그대들의 힘으로 처리할 수 없는 문제가 있단 말인가?"

"본거지가 등급 불명의 사냥꾼에게 습격당했습니다. 아니, 습격 대상은 리오 스나이퍼일지도 모릅니다. 아무튼 그를 구해야만 하는 상황입니다."

"그만큼의 의리가 그대들과 주인님 사이에 존재했단 말인가?"

"사냥꾼이 직접적으로 개입한 이상 리오 스나이퍼 개인의 문제로 잘라 떨어뜨릴 수는 없습니다. 무엇보다 프라임께서 부재 중이시기에 저희 모두가 혼란에 빠져 있습니다. 저희가 아는 것은 아테나님께서 저희를 도와주실 수 있다는 사실뿐입니다."

주인과 사이악스가 했던 이야기가 맞아 떨어지는 순간이었다.

"절망과 싸울 때라는 뜻이군."

"예?"

흠집의 룩이 의아해했다. 뒤에서 듣고 있던 다른 세 명의 쉬프터들도 마찬가지였다.

"즉시 나를 인도해 주게."

그녀가 더 이상의 의심 없이 답을 내놓자 흠집의 룩이 안도했다.

"하지만 걱정이 있군. 자네가 알다시피 난 꾸준히 사냥꾼들에게 습격당하고 있네. 내가 자리를 비운다면 동료들이 위험해질 것이야."

"방금 전에 말씀드리지 않았습니까? 당신의 빈자리는 제 목숨으로 채우겠습니다."

흠집의 룩이 화가 난 목소리로 말했다.

"이렇게 목숨이 아깝지 않은 적은 실로 처음입니다. 군신이시라면 이해하실 겁니다. 부디 이 순간을 모욕하지 말아 주십시오."

아테나는 자신이 진실로 좋은 존재와 인연을 맺었다는 사실에 내심 기뻐했다.

"알겠네. 바로 가겠네. 뒤에 있는 자들은 카이리 블랙테일 족장과 지크 스나이퍼, 키르히 펙터, 아레스를 깨워 불러오게."

뒤에 있는 자들, 즉 세 명의 쉬프터들은 신참인 탓에 누가 누군지 몰라 당황했다. 하지만 건물을 빠져나오는 아테나의 기세에 눌린 나머지 주변에 있는 모든 건물들을 드나들며 그런 이름을 가진 것처럼 보이는 자들을 찾아다녔다.

아테나가 건물을 나서며 문을 굳게 닫은 후, 침대에서 윗몸만 일으킨 채 가만히 있던 하이엘바인의 두 눈이 녹색과 황금색으로 각각 빛났다.

"이야기가 전해지는 한 전사는 불멸."

이윽고 그녀의 두 눈 전부가 녹색으로 변했다.

"모든 이야기를 가진 자, 라그나바인 역시 불멸의 존재가 되리니."

황금색의 갑옷이 담요 외엔 아무것도 걸치지 않은 그녀의 피부 위에서 올라왔다.

그때, 허기짐을 알리는 소리가 하이엘바인의 뱃속에서 격렬하게 터졌다.

"아……."

눈빛이 사라진 하이엘바인은 다시 멍한 표정이 되어 침대에 누웠다.

아테나가 홈집의 룩에게 이야기를 듣는 동안 세 명의 신참 쉬프터들은 아테나의 부탁에 맞춰 카이리, 지크, 키르히, 아레스로 '보이는' 자들을 각 건물들에서 데리고 나왔다.

"지시대로 불러왔습니다."

비숍 클래스가 아테나에게 다가왔다.

그러나 아테나의 눈에 보이는 것은 바이칼과 루이체, 쑤밍, 그리고 짜증이 난 얼굴의 키르히였다.

홈집의 룩은 민망함을 이기지 못하고 손으로 자신의 가면을 덮었다.

아테나도 놀라 홈집의 룩을 봤다.

"저들은 내 친구들에 대해 모르나 보군."

"얼마 전에 새로 들어온 동포들입니다. 사죄드리겠습니다."

"음, 아닐세. 다짜고짜 불러오라고 한 내가 실수한 것 같군."

아테나는 주변의 세 곳에 시선을 잠깐씩 두었다. 각 지점에 숨어서 상황을 지켜보던 진짜 카이리와 지크, 아레스는 각자의 무기에서 손을 떼었다.

"그래도 키르히만은 제대로 데려왔으니 다행이군."

"흥."

키르히가 투덜거렸다.

그 반응을 본 나이트 클래스가 움찔했다. 그가 키르히를 데리고 나온 장본인이었다.

"저는 그가 카이리 블랙테일이라는 존재일 것이라 확인했습니다."

"이봐, 카이리라는 이름 자체가 여자 이름이잖아! 그리고 난 남자라고!"

키르히가 버럭 소리를 지르며 지적했다. 그러자 나이트 클래스가 그에 맞섰다.

"이름으로 성별을 구별하려 하다니, 편협하군."

"뭐?"

흥분한 키르히가 이마로 자신보다 키가 더 큰 나이트 클래스의 가면 아래쪽, 즉 턱을 들이받으며 시비를 걸었다.

"그만 하렴. 키르히야."

아테나의 말에 키르히는 쓴 소리를 중얼거리며 나이트 클래스에게서 떨어졌다.

"너에게는 좋은 소식이 될지도 모르겠구나. 쉬프터들이 카샤님을 너와 네 세계에 돌려준다고 말하는구나."

"뭐라고요?"

키르히가 움찔했다. 그는 아테나의 예상대로 매우 불쾌해하고 있었다.

"주인님께서 이들의 본거지에 계시던 와중에 사냥꾼에게

당하셨다는구나. 내가 가서 주인님을 구하고 그분과 카샤님을 데려올 것이야."

"무슨 말씀을 하시는 거예요? 그럼 제가 지금까지 한 일은 뭐가 되고요?"

키르히는 허탈감과 그에 대한 분노로 이성을 잃어가고 있었다.

지금까지 했던 모든 고생이, 인간이기를 포기했던 자신의 기분이 그냥 돌려준다는 말 한마디로 해결될 문제였다는 사실을 받아들일 수가 없었다.

키르히는 코트 안에 잘 보관하고 있던 보석을 꺼냈다. 사이악스가 조건을 걸면서 주었던 보석이었다.

"네놈들의 우두머리인 사이악스가 나한테 말했다고! 이걸 깨면 퀸 클래스가 소환되고 나 혼자서 그걸 이기면 나에게 카샤를 돌려준다고 약속했단 말이야! 그런데 네놈들 멋대로 결정하겠다고? 미친 거 아냐?"

그 보석을 본 홈집의 룩이 고개를 끄덕거렸다.

"과연. 하지만 사이악스 프라임께서는 처음부터 네놈에게 그 무엇도 돌려주실 생각이 없으셨던 것 같군."

"그건 또 무슨 말이야?"

"알고 싶다면 그 보석을 바닥에 던져 깨봐라, 키르히 펙터. 그 보석과 직접 연결된 퀸 클래스께서 네 앞에 당장 강림하실 것이다."

"농담 아니지?"

키르히가 흠집의 룩에게 따져 물었다.

"농담도 아닐 뿐더러 네가 목숨을 걸 필요도 없다. 카샤 님의 반환은 우리들 멋대로 결정한 사항이니 네가 손해 볼 것은 없지. 깨봐라, 키르히 펙터. 원한다면 그분과 대결해도 좋다."

"……."

키르히는 망설였다. 힘을 쌓아 퀸 클래스를 쓰러뜨리고 카샤를 되찾겠다는 그의 집념이 오히려 그를 옭아매고 있었다.

"이제는 담력조차 남아 있지 않다는 것인가?"

"제길, 닥쳐!"

키르히는 보석을 당장 땅에 던지고 도펠 슈트롬을 꺼내 보석을 내리쳤다.

보석이 깨지면서 키르히 앞에 검은색의 고리가 만들어졌다. 사냥꾼들이 이동할 때 사용하는 워프 드라이브의 고리와 색만 다를 뿐, 느낌은 거의 동일한 현상이었다.

그 고리 속에서 모습을 드러낸 것은 굽슬굽슬한 금발을 화려하게 휘날리는 여성이었다. 하지만 복장은 퀸의 것과 대강 비슷하면서도 차이가 있었다.

"엠프레스?"

아테나가 그녀를 알아보고 중얼거렸다.

보석에 심어져 있던 사이악스의 명령체계와 워프 드라이브 현상에 절대 충성하여 리오와 카샤를 돌보는 것도 포기하고 이동을 감행한 엠프레스는 주변 상황 전체를 인식한 뒤 아테나 쪽으로 돌아섰다.

"이렇게 뵐 줄은 몰랐습니다, 아테나님."

"이야기는 룩 클래스에게 대강 들었네. 그것이 자네의 본래 모습인가?"

얼굴에 대한 이야기였다.

"가면이 부서진 관계로 사이악스 프라임께서 오시기 전까지는 이 모습을 유지해야 합니다."

"그렇군. 아르비스와 비슷한 경우인가?"

"아르비스의 외모와 성별은 사이악스 프라임께서 지정하신 것에 따른 것이며 지금의 제 외모와 성별은 퀸 클래스들에게 적용되는 일종의 표준사항입니다."

"그렇군. 어쨌든 지금은 키르히와의 일을 먼저 해결하시게."

"그럴 생각입니다."

엠프레스가 키르히 쪽으로 움직였다.

"키르히 펙터여. 나와 만났던 기억은 나는가?"

"네가… 아니, 당신이 퀸 클래스라고?"

"엠프레스는 쉬프터 사이에서 통하는 명예일 뿐, 공식적인 계급은 퀸이다. 사이악스 프라임께서는 적어도 약속만큼은 꾸밈없이 지키시는 분이지."

엠프레스의 두 눈이 보라색으로 빛났다.

"거저먹는 것도 나쁘지 않는 법이다, 키르히 펙터. 물론 네가 나와 싸우겠다면 나 역시 대응할 것이다. 사이악스 프라임께서 내리신 명령이니까."

"아, 좋아! 해보자고!"

키르히가 남은 한쪽의 칼까지 뽑아들고 엠프레스에게 맞섰다.

"네 뜻을 존중하마. 중요한 싸움이니만큼 증인은 많을수록 좋겠지."

그녀가 힘을 발휘하자마자 곳곳에 은신하고 있던 카이리와 지크, 아레스가 자석에 이끌리는 쇳가루처럼 당겨져 모든 이들의 앞에 모습을 드러냈다.

시류지 변환갑까지 입고 철저하게 은신했던 지크는 자신을 억지로 끌어당겨버린 엠프레스의 모습을 보고 사이악스와 처음 만났을 때를 악몽처럼 떠올려 버렸다.

'대충 괴물이라고 듣긴 했지만 뭐야, 저건? 전투와 관련된 모든 수치가 초중량급 사냥꾼을 까마득히 초월하고 있

잖아? 아니, 사냥꾼도 사냥꾼이지만…….'

갑옷이 분석하여 내놓은 엠프레스의 능력은 아테나마저
도 능가하고 있었다.

얼마나 차이가 컸는지 지크의 눈에 비춰지는 그래프의
막대가 엠프레스의 것만 뚜렷하게 보이고 아테나의 것은
실처럼 그래프의 밑바닥에 붙어 있었다.

'저런 괴물이랑 키르히가 싸운다고? 여기 있는 사람들이
전부 달라붙어도 가망이 없는데?'

긴장하고 있는 지크에게 엠프레스가 눈을 돌렸다.

"그 갑옷, 아네라의 기술이 들어가 있군."

"아네라?"

"그렇다. 목소리를 들으니 지크 스나이퍼인 듯한데, 누구
에게 그 갑옷을 받았나?"

엠프레스의 질문에 하마터면 솔직히 대답할 뻔했던 지크
는 자신에게 쏟아지는 엠프레스의 힘을 간신히 무시하고
두 어깨를 들어 여유를 보였다.

"미안, 난 나보다 키 큰 여자를 싫어해."

"그런가? 이 자리에서 네 신장을 강제로 늘려주는 것은
어렵지 않지만 시간이 부족하니 질문한 이유를 말해주지."

엠프레스는 망토 안쪽에 손을 넣고 뭔가를 잡은 후 밖으
로 뺐다. 다른 퀸 클래스들이 사용하는 일반적인 낫보다 크

고 화려하며 살벌한 엠프레스의 낫이 모두의 눈앞에 나타났다.

"네 갑옷에 사용된 금속은 아네라가 만든 합금 중에서 가장 높은 등급의 물건이다. 아네라의 족장이 입는 갑옷과 그 주거지의 외부에 사용되지. 아마 내 낫으로도 그 갑옷을 한 번에 베는 것은 힘들 것이다."

"이게 그렇게 굉장한 물건이었어?"

"물론 베기만 힘들 뿐, 구겨버리거나 잡아 늘리는 것은 쉽지."

"호, 아주 익숙하신가 보군."

"그만큼 우리들에게 주목을 받은 합금이다. 퀸 클래스의 공격도 제대로 받아낼 수 있는 물건이라면 그 이하의 동포들에게는 마치 성벽과도 같겠지."

"그래서, 이 합금을 두른 나를 없애시겠다고?"

"없애는 것은 쉽지. 하지만 사이악스 프라임께서 너희 신계에 중립을 선포하신 이상 내가 적대할 이유는 없다. 단지 충고하려는 것뿐이야."

"충고?"

"아네라는 간단한 유전자 조작만으로 시공간 폭발을 일으킬 수 있는 기술을 갖고 있지. 네 갑옷은 그와 관련된 기술을 응용하여 막대한 동력을 만들어낼 수 있다."

지크는 자신도 모르게 두 손을 꽉 쥐었다.

"순수의 결정체와 비슷한 거야?"

"그렇다. 알고 있다면 설명이 쉽겠군. 네가 두르고 있는 갑옷은 순수의 결정체와는 차원이 다른 밀도를 가진 물건이다. 만약 그 갑옷의 구성 물질 전체가 사냥꾼들이 그리하듯 상호작용을 통한 융합폭발을 일으킨다면 그 규모는 상당할 것이야. 우리가 관리하는 경작지를 전부 날려버릴 만큼의 폭발이 일어나겠지."

자신의 힘으로도 경작지의 규모를 정확히 알아내지 못한 아테나에게는 충격적인 이야기였다.

하지만 문제의 심각성을 모르는, 정확히는 경작지의 규모를 아주 단순하게 생각하고 있는 지크는 손을 허리에 얹고 코웃음을 쳤다.

"갑자기 친절하시는 이유를 모르겠군. 혹시 날 몰래 짝사랑했나?"

다음 순간 지크의 몸뚱이가 공기마찰에 의한 불꽃을 뿌리며 밤하늘 저편으로 날아갔다.

"지크 오빠!"

루이체는 반사적으로 지크의 이름을 부를 만큼 놀랐으나 그의 건강에 전혀 문제가 없는 것을 감지했고 또한 그가 하늘로 치솟아 올라가는 자세가 너무 웃겼기에 그 이상의 과격한 행동은 하지 않았다.

"대화의 매너를 모르는 자로군. 시간이 부족하다고 했을 텐데?"

엠프레스가 한숨을 쉬었다.

아테나를 비롯한 모든 이들, 심지어 흠집의 룩마저도 '먼저 시비를 건 쪽은 당신이다'라며 지적하고 싶었지만 이미 늦은 상황이고 더 이상 시간을 빼앗을 수도 없었기에 가만히 있었다.

"자, 사이악스 프라임께서 정하신 싸움을 시작하자. 키르히 펙터여. 네가 이기면 조건대로 카샤님을 반환할 것이다."

"말이 너무 많잖아!"

키르히의 온몸에서 파괴적인 불꽃이 일어났다. 그가 밟고 있는 땅이 단번에 녹아 주황색으로 끓었다.

아테나가 엠프레스를 제외한 모든 이들을 권능으로 보호하지 않았다면 루이체와 쑤밍이 크게 다칠 뻔한 상황이었다.

키르히는 목숨을 집어던지듯 엠프레스를 향해 돌격했다.

그 갈색 머리의 청년은 자신이 이기지 못하리라는 것을 알고 있었다. 그러나 그는 싸우고 싶었다.

카샤의 납치, 그 과정에서 생긴 무수한 희생자들, 그리고 고향의 동결.

그만한 만행을 저지르고도 이제 와서 장난하듯 카샤를 돌려주겠다는 쉬프터들과는 살아서 타협할 수가 없었다.

키르히의 천부적 재능이라는 것은 어디를 쳐야 상대를 없앨 수 있다는 직감이었다. 그러나 엠프레스는 그러한 느낌조차 지워버리고 있었다.

결국 엠프레스와 밀착한 키르히는 온몸을 돌리며 상대를 공격했다. 두 자루의 칼과 발차기가 불꽃에 휩싸인 채 현란한 궤적을 그리는 것이 마치 꺼지지 않는 화염을 머금은 소용돌이 같았다.

엠프레스는 그의 모든 공격을 슬쩍슬쩍 피했다.

압도적인 실력차이를 확인한 키르히는 연속되는 공격을 하느라 참고 있던 숨을 일시에 들이마셨다.

"거저먹으라고? 그런 상황에서 굶어 죽는 게 바로 나야!"

하고 싶은 말을 토해낸 키르히는 왼쪽 칼을 아래에서 위로 올리며 엠프레스의 복부를 노렸다.

엠프레스의 표정은 차가웠고 키르히는 이제 자신에게 죽음이 닥칠 것이라 확신했다.

결국 키르히의 칼날이 엠프레스의 복부에 닿자마자 맑은 소음을 내며 부서졌다. 그는 억지로 몸을 틀어 오른쪽 칼로 엠프레스의 목을 쳤으나 그 역시 엠프레스의 머리카락도 자르지 못하고 부서졌다.

칼들이 부서지고 중심까지 잃은 키르히는 엠프레스 앞에서 주저앉고 말았다.

'그룬가르드, 이그니스… 미안!'

그는 자신과 함께 싸워준 그 무기들에게 사과했다.

좌절한 키르히를 한참 바라보던 엠프레스가 갑자기 눈을 번쩍 떴다.

"아."

탄성을 내지른 후, 엠프레스가 갑자기 왼손으로 복부를 붙잡으며 몸을 숙였다.

"으윽, 견딜 수 없군. 이 정도로 피해가 클 줄이야. 키르히 펙터. 너의 승리다."

그녀의 갑작스런 행동과 말에 그 자리에 있던 모든 이들의 생각이 정지했다.

하늘에서 다시 떨어지던 지크도 그 모습을 보고 당황했다.

'어이, 저 어설픈 연기는 뭐야? 져 주려면 좀 실감나게 하라고!'

뒤에 서 있는 카이리에게 안기다시피 하여 보호받고 있던 바이칼이 인상을 구겼다.

"소화불량……?"

그가 중얼거리자 몸을 숙이고 있던 엠프레스의 안색이 쟁기에 두드려 파인 흙처럼 참혹해졌다.

아테나는 웃어야 하는 것인지, 아니면 굉장한 싸움이었다고 칭찬해야 하는 것인지 몰라 허둥거렸고 흠집의 룩은 아예 돌이 되어 있었다.

'그렇지. 저분께서 저런 걸 잘 하실 리가 없지.'

그는 고개를 움직여 자신이 데리고 온 어린 동포들을 봤다.

[저것이 바로 큰 희생정신이다, 어린 동포들이여.]

[그냥 망신… 아, 그렇지요.]

신참 비숍 클래스 툭 전한 말에 흠집의 룩은 아무 말도 할 수 없었다.

결국 키르히가 벌떡 일어났다.

"알았어, 알았다고! 보는 내가 쪽팔리니까 일어나란 말이야!"

엠프레스가 자세를 바로 했다.

"훌륭한 승부였다, 키르히 펙터. 그 뛰어난 힘에 칭찬을 아낄 수가 없군."

"그만해!"

버럭 소리를 지른 키르히의 표정은 자신의 코트 색깔처럼 상기되어 있었다.

"제길, 뭐야 이게······!"

일을 마무리했다고 확정한 후 즉시 아테나를 데려가려 했던 엠프레스는 허탈감으로 인해 다시 주저앉는 키르히를 표정 없는 얼굴로 돌아봤다.

"원하던 바를 이루지 않았나? 왜 그러지?"

"꺼지라고, 좀. 부탁이야."

그 갈색 머리의 청년은 자신의 앞머리를 쥐어 내리며 괴로워했다.

엠프레스가 불쾌한 표정을 지으며 그에게 다가가려 하자 흠집의 룩이 서둘러 그녀의 앞을 막았다.

"서두르십시오. 저는 이곳에서 책임을 다하겠습니다."

그가 고개를 숙였다.

"알았네."

그녀는 아테나 쪽으로 돌아서며 정신감응을 사용했다.

[내가 택한 방법이 잘못된 것인가?]

[배부른 거지에게나 통할 방법이었습니다.]

그가 다른 퀸 클래스들에게도 거침없이 쓴 소리를 한다는 점을 잘 알고 있는 엠프레스는 한 번 끄덕거린 뒤 아테나의 곁으로 갔다.

"제가 모시겠습니다, 아테나님."

엠프레스가 오는 것도 느끼지 못할 만큼 키르히를 걱정

하던 아테나는 아직도 고개를 숙이고 있는 흠집의 룩을 문득 봤다.

그는 아테나가 떠나기 전엔 고개를 들 생각이 없어보였다. 또한 주저앉은 키르히의 모습을 자신의 몸으로 최대한 가리고 있었다.

'다시 저자를 만날 수 있을까?'

아테나는 가슴 한 구석에 남은 불길함을 최대한 모른 척하며 엠프레스와 그곳을 떠났다.

아테나의 예상대로 흠집의 룩은 그녀가 떠난 직후 고개를 들고 아테나의 일행 쪽으로 돌아섰다.

"어떤 인연인지 모르겠지만 그대들과 다시 한 배를 타게 됐군."

"혹시 요리 잘 하나?"

아레스가 뼈가 있는 농담을 던졌다. 대부분은 그의 말에 무슨 뜻이 담겨 있는지 몰랐지만 흠집의 룩은 자신이 아껴 쓰는 검을 칼집 째로 꺼내 그에게 보여주었다.

"이 검은 지금으로부터 8세대 전의 신계에서 살다가 내 손에 죽은 어떤 신의 물건이다. 난 그에게서 목숨을 바쳐 뭔가를 이룬다는 것이 무엇인지를 배웠고 그 이후 꾸준히 그 배움을 실천할 기회를 노렸지. 그때가 지금이라면, 또 그 대상이 아테나님의 친구인 그대들이라면 난 행복할 것이다."

"흠, 다시 묻겠지만 요리는?"

"사냥꾼이 너희들의 입맛에 맞을지 모르겠군."

대답한 흠집의 룩 뒤편에 지크가 착지했다.

"기대하지."

지크가 먼저 시류지 변환갑을 해체했다. 그에 맞춰 흠집의 룩 역시 검을 거두었다.

*　　　*　　　*

아테나는 주인이라는 존재와 사이악스의 말을 완전히 신뢰하진 않았다. 목숨을 걸겠다며 의지를 보인 흠집의 룩도 마찬가지였다.

아테나가 느낀 주인이라는 존재는 그처럼 견고한 의지조차도 마음대로 주물러 가공할 수 있는 힘을 가지고 있었다.

그러나 주인이 강조하는 것이 '자유'임에는 확실했다.

그것이 방임인지, 아니면 모든 우연이 결국 올바름에 도달할 것이라는 믿음인지 해석할 시간은 없었으나 흠집의 룩과 엠프레스의 차이가 실마리를 주었다.

일반적인 공간이동에 사용되는 것보다 농도가 훨씬 짙은 통로를 통해 쉬프터들의 본거지에 도착한 아테나는 사냥꾼의 주먹에 뭉개진 리오의 모습과 그 옆으로 흘러나온 피의 진탕 위에 엎어진 카샤를 발견했다.

몇 명의 퀸 클래스들도 감지했지만 그녀는 우선 리오와 카샤의 상태를 확인했다.

"이분이 카샤님인가?"

"그렇습니다."

엠프레스가 대답했다.

"상당히 특이한 방법으로 주인님과 접촉했군. 정확히는… 주인님과 하이볼크 신계 사이에 흐르고 있는 어떤 정보에 개입한 것으로 보이는데, 맞는가?"

"그렇습니다. 아카식 레코드에 갇혀 있습니다."

"아카식 레코드?"

"모르십니까?"

"개념은 알고 있네만 아버님께서도 몇 번이나 제작을 시도하셨다가 실패하셨네. 하이볼크가 아카식 레코드를 제작할 수 있는 존재였다니, 놀랍군."

아테나는 리오의 피에 손을 댄 후 반대편 손을 엠프레스에게 내밀었다.

"미안하지만 나와 함께 가세. 이번 일에는 분명 그대의 지식과 전투능력이 필요할 것이야."

카샤가 아카식 레코드에 개입할 때는 연산능력을 보조

하기 위해 도왔지만 아테나의 경우에는 그럴 필요가 없었다.

하지만 엠프레스는 성큼 아테나의 손을 잡았다.

"제가 모시겠습니다."

다른 퀸 클래스들은 엠프레스가 다시 자리를 비운다는 생각에 불안감을 느껴 그녀의 행동을 말리고 싶었지만 리오 스나이퍼를 맡긴다는 프라임의 지시를 따르는 것이 분명한 이상 참견하지 못했다.

카샤가 시도했을 때보다 훨씬 깔끔하게 리오의 고유영역 및 아카식 레코드와 접촉한 둘은 자신들이 밟고 있는 땅의 위치와 시간을 따져봤다.

연대만 측정할 수 있었던 아테나와 달리 엠프레스는 자신이 기억하고 있는 하이볼크 신계의 총 연대와 지금의 시간을 대입하여 확실한 결과에 도달했다.

"이곳은 리오 스나이퍼가 존재하기 이전의 세계입니다."

엠프레스의 말을 들은 아테나는 자신들이 서 있는 폐허의 도시를 보며 심각한 얼굴이 됐다.

"주인님 스스로 과거에 가셨을 리가 없지 않나?"

"아카식 레코드의 특성상 그렇습니다만 사냥꾼들 역시 이 아카식 레코드 내에 개입하는 것을 제가 목격한 이상 풀지 못할 수수께끼는 아닐 것입니다."

"누군가가 어떤 목적을 갖고 주인님을 과거로 보냈다는 뜻이로군."

"그렇게 해석하는 것이 옳을 것입니다."

대답한 엠프레스의 표정은 아테나보다도 좋지 않았다.

"그러나 그보다 더 큰 문제는 제가 알고 있는 하이볼크의 역사에 이러한 세계가 존재하지 않았다는 것입니다. 일부 자연환경, 구축된 마법의 성격, 그리고 지형까지 어느 하나 일치하는 바가 없습니다."

"자네들이 모르는 세계라고?"

"시공간 폭발로 인해 드러난 그 공간 역시 우리가 모르는 세계였습니다. 아무래도 이곳 또한 누군가에게 있어서 특별한 의미를 가진 세계라고 판단됩니다."

"……"

아테나는 손을 이마에 대고 고민했다.

'사고체계가 혼란스럽군. 아카식 레코드가 나에게 간섭하는 것인가? 감지능력도 떨어지고 있어. 이래서는 인간 이하야.'

살짝 벌려진 그녀의 입속에서 꽉 맞물린 치아가 달달 떨렸다.

"아테나님."

엠프레스가 아테나를 껴안듯 부축했다.

자신이 쓰러질 뻔했다는 사실을 몰랐던 아테나는 사과하듯 웃었다.

"내가 도움이 안 될지도 모르겠군."

"당신께선 이미 도움을 주셨습니다."

"음……."

아테나는 왼손을 엠프레스에 맡긴 채 몸의 균형을 잡았다.

"키르히에게 사과하고 싶지 않나?"

"……."

"자네들이 임무를 처리하기 위해 수단방법을 가리지 않는 것은 이미 알고 있네. 처음에는 기계적이라고 생각했으나 드래고니스에서 퀸 클래스들이 사냥꾼들을 처리하는 모습을 보고 마음이 바뀌었네. 서로에 대한 믿음이 없으면 그렇게 호흡이 잘 맞을 수가 없을 테니까."

엠프레스는 아테나가 무슨 얘기를 하려고 그러는지 궁금하여 그녀의 이야기가 더 자세해지기를 기다렸다.

"나보다 훨씬 더 긴 세월을 살아온 자네들에게 있어서 키르히의 문제는 정말 사소할 수도 있을 것이네. 신을 가축으로 생각하니 키르히는 그 이하겠지. 가축이 먹는 풀뿌리 정도라고 하면 옳은 비유일까?"

"틀린 말씀은 아닙니다."

"그래서 그를 이해하려 들지 않은 것인가?"

엠프레스는 자신들에게 허락된 시간이 어느 정도인지 예측할 수 없는 상황에서 아테나가 왜 이런 말을 하는지 알 수 없었다.

"카샤님을 돌려준다는 결정을 사이악스 프라임이 했을 리는 없다고 생각하네. 일단 자네들의 본거지에는 사이악스가 없었고 키르히가 불러낸 퀸 클래스가 자네이니만큼 사이악스에게 있어서 카샤님은 아주 흥미로운 관찰대상이라는 뜻이겠지. 그런데 자네가 독단적으로 그런 큰일을 결심한 이유는 무엇인가? 분명 목숨을 걸고 그랬을 터인데?"

"말씀하신 대로 처벌을 각오한 행동이었습니다."

엠프레스가 솔직히 말했다.

"나의 주인님을 그렇게 구하고 싶었나?"

"그를 돌보는 것 역시 임무였기 때문입니다."

"후후, 그뿐만이 아닐 것이네."

아테나는 어질어질한 상태에서 고개를 저었다.

"임무를 넘어서 주인님을 어떻게든 구출하고 싶다는 본심이 있었기에 사이악스 프라임의 뜻을 거스를 각오를 했겠지. 사냥꾼이 관련된 것도 한 축이겠지만……."

"······."

"난 우리와 자네들이 이해 불가능의 존재는 아닐 거라 생각하네. 같은 우주에서 태어나고 자랐으며 감정의 흐름까지도 비슷한 존재들이 아닌가?"

"하지만······."

"자네들의 상하구분은 확고할지 몰라도 자네들의 주인께서 보시기에는 우리 모두 평등하겠지."

난감하여 눅눅하기만 할 뿐이었던 엠프레스의 표정이 '주인' 이라는 단어가 나오자마자 방금 깨진 빙산의 단면처럼 서늘해졌다.

"당신께서 어찌 주인님에 대한 일을 입에 담으시는 겁니까?"

"흠, 역시 자네는 이 아테나를 어떤 수단으로만 생각하고 있었군."

"······."

아테나는 침묵하고 있는 엠프레스에게 주인과 사이악스를 두고 나눴던 대화에 대해 이야기할까 하다가 생각을 바꿨다. 대신 아테나 자신이 해왔던 모든 행동이 결실을 맺을 것이라는 사이악스의 말을 믿기로 했다.

"이번 한 번만이라도 좋네. 부디 나를 이용하지 말고 나와 함께 주인님을, 리오 스나이퍼를 구하지 않겠나? 사이악스 프라임의 고귀한 엠프레스여."

엠프레스는 대답에 앞서 아테나의 두 어깨를 붙잡았다.

"쉬프터는 우주의 어둠으로서 당신들과 관련되어서는 안
됩니다. 빛 아래에서 살고 있는 당신들과 어울리고 이해하
는 그 순간 프라임께서는 분명 경작지의 신들 대다수에게
추앙받는 신이 되시겠지요. 그래서는 경작지에서 지금까지
강제적으로 희생된 모든 신들과 그들의 창조물들을 주인님
의 곁에서 뵐 낯이 없어집니다."

"……."

"그러나 당신께서 주인님과 그분의 뜻 그 자체인 평등을
구체적으로 말씀하신 이상 이제는 감출 것이 없습니다. 사
이악스 프라임께서 달리 남기신 말씀은 없습니까?"

"비밀인데……."

아테나가 부끄럽게 웃었다.

"나에게 자네들을 부탁한다고 하셨네."

"납득했습니다."

아테나는 엠프레스가 아주 간단히 납득이라는 말을 하자
깜짝 놀랐다.

"어째서?"

"사이악스 프라임께서는 항상 당신을 지켜보고 계셨습니
다. 관찰자로서의 입장이 아니셨지요. 그것을 제가 알고 있

는 이상 사이악스 프라임께서 큰 문제를 당신께 직접 맡기 서도 이상하지 않을 것입니다."

"그도, 아니 그분도 자네에게 들켜버렸군."

그러자 얼음 같던 엠프레스의 표정이 녹으면서 부드러운 미소가 드러났다.

"이제 엠프레스 이하 모든 3번 경작지의 쉬프터들은 사 이악스 프라임께서 계시지 않는 동안 당신의 말씀을 따를 것입니다. 당신께서 모르시는 부분은 제가 채워드릴 것이 며 또한 무력의 대행자로서 당신의 곁에 있을 것입니다."

"나 역시 나의 친구들과 오랫동안 이별할 것을 각오하겠 네."

"알겠습니다."

엠프레스의 두 손에서 전해진 검은색의 힘이 아테나의 온몸을 훑고 지나갔다.

그 힘 덕분에 아카식 레코드의 간섭에서 벗어나는 방법 을 깨달은 아테나는 어지러움을 떨쳐나고 자신의 힘으로 똑바로 설 수 있었다.

"키르히 펙터에게 사과할 기회가 오면 좋겠군요."

엠프레스가 한층 부드러운 목소리로 말했다.

"키르히는 착한 아이일세. 걱정하지 말게."

"예, 아테나님."

엠프레스는 즐겁게 웃었다.

"표정이 아주 좋군."

"예. 이제야 제가 엠프레스가 된 이유를 깨달았기 때문입니다."

아테나는 그녀에게도 어떤 사연이 있음을 느꼈지만 시간이 촉박했기에 일단은 리오와 관련된 일에 집중하기로 했다.

"주인님의 느낌이 저 집에서 강하게 느껴지는군."

아테나가 폐가를 대충 개수한 집을 가리켰다.

"안에 일반 생명체가 하나, 정신 생명체가 둘이 있습니다. 주변에 깔린 정령결계는 제가 정리하겠습니다."

엠프레스의 두 눈이 번쩍 빛나자 집을 보호하고 있던 결계가 단숨에 날아갔다.

"들어가시지요."

"으음."

아테나는 당당히 걸음을 옮겨 집의 문을 열었다.

"실례하오."

그녀는 집 안에 있는 존재들을 보며 힘을 실어 말했다.

결계를 구축한 장본인으로 보이는 소녀가 아테나의 힘에 반응해 부상을 떨치고 스스로 일어났다.

그녀와 함께 있는 젊은 청년과 또 다른 소녀는 인간이 아니었다. 게다가 둘은 하나의 동력을 둘이서 나눠 사용하고 있는 특이한 존재들이었다.

아테나에 의해 회복된 소녀가 눈물을 주르륵 흘렸다.

"인간과… 인간의 모습을 한 이 세계의 주민들이여. 우리는 어떤 사람을 찾아 이곳에 왔소."

아테나의 인사에도 불구하고 셋은 제대로 움직이지 하지 못했다.

엠프레스가 허리를 굽혀 아테나에게 조언했다.

"이들의 육체와 정신은 당신이라는 신성한 존재를 견딜 수 없습니다. 주의하십시오."

"아, 내가 내 친구들과 함께 있을 때만 생각했군."

아테나가 힘을 조절하자 세 명이 일제히 기침하며 고통스러워했다.

"큰 실례를 했소."

아테나는 자신의 가슴 한 가운데에 오른손을 얹고 묵례를 했다.

"이곳에 나의 주인께서 머무르셨던 흔적이 느껴지는구려."

"주인이라고요?"

청년이 사색이 되어 물었다.

"그렇소. 리오 스나이퍼라는 이름의 남자분이시오."

"……."

"아, 또 실례를 했구려. 내 이름은 아테나라고 하오. 그리고 이쪽은……."

아테나는 엠프레스를 쳐다봤다.

"엠프레스라고 하오."

자신을 소개한 엠프레스는 뭔가를 느끼고는 좌우를 살피며 인식능력을 높였다.

리오의 존재과 카샤의 존재가 같은 장소에서 느껴졌다.

"아테나님. 이곳에 있을 필요가 없을 것 같습니다."

"음, 그렇군. 방금 나도 느꼈네."

아테나가 걱정 어린 미소를 지었다. 하지만 걱정 속에는 반가움과 기쁨이 섞여 있었다.

그녀의 감정에 반응하듯 청년과 소녀의 몸이 황금색으로 빛을 냈다.

"어서 가세나."

"그러지요."

엠프레스가 바람처럼 밖으로 나간 것과 달리 아테나는 셋에게 다시 묵례를 한 후 문을 조용히 닫았다.

주변을 의식하지 않고 걷기만 하던 둘의 시선이 동시에 도시 상공으로 움직였다.

상공는 하얗게 발광하는 고리가 커다랗게 맺어졌다.

그 고리로부터 떨어진 것은 붉은색의 거인, 아니 초중량
급 사냥꾼이었다.

착지한 사냥꾼은 땅을 쪼개고 아테나가 불러온 기적을
산화시켜버렸다.

일반 생물은 경험한 적도, 소화할 수도 없는 적대감이 그
거인을 중심으로 세상에 퍼졌다.

하늘에 나타난 고리는 하나만이 아니었다.

다섯 개체의 초중량급 사냥꾼이 도시를 완파시키고 난민
들을 짓밟았다.

아테나와 엠프레스는 이 세계의 모든 이야기들을 엉망
으로 만들며 나타난 그 사냥꾼을 불쾌한 얼굴로 바라봤
다.

"정말 예의를 모르는 존재들이군."

아테나의 왼편에는 그 거인들의 착지에 휘말려 가루가
되었어야 할 도시의 난민들이 모여 있었다. 그들이 위험에
빠지기 직전에 아테나가 위치를 옮긴 후 재해를 제거하는
권능을 걸어버린 것이다.

"사냥꾼이란 원래 그러하지요."

엠프레스의 오른손에 커다란 낫이 들렸다.

그녀가 보는 앞에서 여섯 개체의 거인, 아니 초중량급 사
냥꾼들이 분노하듯 몸을 진동시켰다.

하늘은 물론 땅의 구성 법칙이 사냥꾼들의 존재감을 이기지 못하고 붕괴되어 새카맣게 물들었다.

"저들은 제가 맡겠습니다. 가십시오, 아테나님."

"무운을 빌겠네."

아테나가 돌아서서 걸음을 옮겼다.

누더기에 불과했던 그녀의 복장이 담백한 은색을 발하는 전신갑옷으로 변했다. 더불어 부드럽게 보이기만 했던 그녀의 두 손에 두 자루의 창이 각각 쥐어졌다.

여섯 개체의 사냥꾼들 중 하나가 아테나의 앞으로 워프하여 나타났다.

"실례를."

엠프레스의 낫이 아테나의 머리 위에서 번뜩였다.

붕괴된 하늘의 한 가운데에 낫의 궤도에 맞춰 일직선의 균열이 일어났다.

그 균열의 위쪽과 아래쪽이 송곳처럼 꼬이더니 아테나 앞에 나타난 초중량급 사냥꾼을 사이에 두고 돌진했다.

산처럼 거대하여 도저히 대적할 수 없을 것만 같던 그 사냥꾼이 목각인형처럼 가볍게 떠오르고는 서로 꼬인 채 격돌하는 공간 사이에서 처절하게 분쇄되었다.

그 광경을 지켜보는 딩고, 리엘, 그리고 라스티의 상식도 함께 파괴되고 있었다.

"프라임, 사이악스가 자네를 신뢰하는 이유를 알 것 같군. 탐이 나는 무력일세."

빙긋 웃은 아테나는 자신의 목적지를 향해 사라졌다.

남은 사냥꾼들을 향해 돌아선 엠프레스가 하늘로 솟구쳐 올랐다.

"주인님이시여, 이 작고 가련한 존재가 당신께 청하옵니다. 부디 저희를 버리지 마시고 굽어 살펴 주시옵소서."

비장하게 중얼거린 엠프레스는 곧바로 사냥꾼 한 개체의 앞으로 이동하여 발로 상대의 가슴을 걷어찼다.

그 충격으로 지평선은 물론 행성의 자기장까지 뭉개지면서 땅에서는 볼 수 없는 거대한 번개가 뒤로 밀려 나가는 사냥꾼을 뒤따르며 떨어졌다.

쓰러진 사냥꾼은 일어나지 못하고 그대로 분해됐다. 다른 사냥꾼들 역시 안전하게 폭발하여 땅 위로 쏟아져 내렸다.

엠프레스는 뒤이어 무수히 나타나는 사냥꾼들을 보며 낫을 고쳐 잡았다.

"이 세계가 왜 우리의 지식에 없었는지 이제 조금 이해할 것 같군."

그녀의 낫이 선풍처럼 움직이자 상공에 나타나거나 나타나기 직전이었던 초중량급 사냥꾼 전부가 하늘 전체를 빛으로 덮으며 소멸되었다.

* * *

리오는 지금 자신의 곁에 있는 아테나가 진짜 그녀인지 의심스러웠다.

아테나의 힘은 그만큼 증가되어 있었다. 게다가 모든 능력을 이끌어내고 있는 것도 아니었다.

피엘의 지노그를 파괴할 때 아테나는 뭔가 특별한 기술을 사용하지도 않았다. 단순히 창으로 건드렸을 뿐이었다.

그러나 그 단순함에 담긴 파괴력은 리오에게 박탈감을 줄 만큼 강력했다.

'지크 녀석의 기분을 좀 이해하겠군.'

하지만 아테나의 그 막강한 힘은 오히려 리오에게 불길함을 안겨주었다.

'다 좋은데, 여기는 실제 세계가 아니야.'

리오는 그 사실을 스스로에게 한 번 더 강조했다.

'이곳은 저 녀석이 모래 알갱이 하나까지 완전히 지배하고 있는 아카식 레코드라고! 아테나의 힘이 아무리 강력해도 이곳에서는 녀석을 초월할 수가 없어! 프라임들이라고

해도 마찬가지야! 이건 기록이니까!'

실제로 아테나와 대적하고 있는 검은색 눈의 존재는 그
녀가 자신의 앞에 나타났다는 사실에 놀랐을 뿐, 그 이상의
일은 전혀 생각지 않고 있었다.

"그래, 그렇군. 아테나여, 경작자들과 손을 잡았나?"

검은색 눈의 존재가 말했다.

주변에 뿌려진 지노그의 파편, 정확하게는 피엘이 가지
고 있던 지노그의 파편들이 일제히 푸른 전류를 뿌리며 진
동했다.

그에 맞춰 아테나가 가지고 있는 지노그도 그녀의 의지
를 벗어나서 파편들과 함께 맹렬히 진동했다.

'공명? 설마······?'

아테나는 자신이 리오를 구한다는 생각에 잡아먹혀 그
뒤에 일어날 일을 전혀 생각지 못했다는 것을 알아차렸
다.

그러나 이미 때는 늦었고 피엘을 잠시 조종했던 검은색
눈의 존재, '미미르'는 오히려 속이 시원한 듯 평온한 모습
이었다.

"아카식 레코드 속에서 이 부근에 왜 오류가 일어났는지
이제 조금 알겠군. 이제 보니 하이볼크도 보통이 아니었
어."

유령처럼 하얗게 흔들리던 검은색 눈의 존재가 말끝에 쓴웃음을 섞었다.

"무슨 말인가?"

아테나가 물었다.

"아테나여. 네가 들고 있는 그 창이 바로 원인이다."

검은색 눈의 존재는 거기까지만 이야기했다.

아테나가 지노그의 격렬한 반응과 뜻을 알 수 없는 상대의 발언에 약간 당황하는 사이에 리오는 모든 것을 정리해 봤다.

"아테나님."

그가 그녀를 높여 불렀다. 시공간의 틈새에서 그녀에게 존경을 표한 이후 그는 그녀를 신으로서 대접해 주기로 결심한 상황이었다.

"주인님?"

그러나 아테나가 심하게 당황하자 결국 그 결심도 단숨에 무너졌다.

지금은 그런 것을 따질 여유가 없었다.

"아니, 그냥 편하게 말하지. 지금 들고 있는 지노그 말인데, 혹시 피엘 비서관에게 받았나?"

"이것은 올림포스의 물건입니다."

아테나가 정색을 했다.

"본래 하이볼크의 인형 따위가 다룰 물건이 아니지요."

리오는 그 말을 통해 아테나가 자신의 일 때문에 분노하여 지노그를 강탈했을 것이라 확신했다.

어쨌거나 중요한 것은 수단이 아니었다. 미미르의 말대로 지노그 그 자체가 문제였다.

"그래, 올림포스의 물건이지. 이 아카식 레코드가 제작되기 이전의 물건이기에 하이볼크의 통제권한에서 완전히 벗어날 수 있어. 그렇기 때문에 절대로 두 개가 존재할 수는 없지. 제우스가 하나 더 만들었다면 몰라도 말이야."

"그렇다면……."

"네가 그걸 들고 이곳에 오면서 문제가 생긴 거야. 저 녀석이 말한 오류라는 게 발생해 버린 거지."

리오는 숨을 들이마시며 쓴웃음을 지었다.

"도중에 많은 일이 있었지만 이 오류는 아카식 레코드상에 기록된 필연이야. 저 녀석은 사소하게 생각했던 것 같은데, 적어도 한 명 정도는 상황이 이렇게 될 걸 알고 있었던 것 같군."

지노그를 쥔 아테나의 손에 힘이 잔뜩 들어갔다.

"저는 피엘 플레포스 비서관으로부터 지노그를 빼앗았고 주인님을 구하기 위해 이곳에 개입했습니다. 그렇다면……."

중얼거리던 아테나의 올리브색 눈동자가 이윽고 경악으로 물들었다.

"하이볼크가 이 모든 것을 알고 있었단 말씀이십니까?"

CHAPTER 99
원혼

GodsKnight R

사실 그 작은 우연이 사건의 시작이라고는 아무도 생각하지 못했다.

"흠, 가즈 나이트라고요?"

하이볼크가 휀 라디언트라는 이름의 남자를 첫 번째 '가즈 나이트'로 정했을 때였다.

"응?"

자신의 본래 모습으로 규정한 어린 여자아이의 모습으로 '제목'을 정하고 인물들에 대한 대략적인 스케치를 하며 즐거워하던 하이볼크는 갑자기 들려온 목소리에 깜짝 놀랐다.

하이볼크의 눈앞에는 황색의 빛들이 무리지어 반짝이고 있었다.

"신의 기사(騎士:Knight)라는 뜻이지요? 하지만 아무리 봐도 당신이 곁에 두려 하는 새로운 친구들은 기사와 의미가 다른 것 같네요."

하이볼크는 태어나서 처음 보는 존재가 자신의 비밀스러운 구역에 침범하여 이리저리 이야기를 하는 것이 마음에 안 들었지만 그다지 나쁜 마음을 가지고 온 것 같지는 않았기에 일단 이야기를 들어주기로 했다.

"말씀해 보세요."

"그러지요. 인간들 사이에서 기사는 '영지'를 가진 '영주'에게 부여되는 이름이 아닌가요? 하지만 당신의 새로운 친구들은 그 어떤 것에도 굴하지 않는 마음만을 갖고 있군요."

황색의 빛이 한 이야기를 다 들은 하이볼크는 코웃음을 쳤다.

"흥, 그 마음이야말로 중요한 거예요. 저는 추억이라는 불멸의 영토를 그들에게 부여할 거랍니다."

"오, 재밌네요. 멋진 대답이에요."

황색의 빛이 하이볼크의 머리를 쓰다듬었다.

"사실 그 이름은 제가 쓰려고 했답니다. 어린 신이여."

"저보다 먼저요?"

"그렇죠. 공교롭게도 제 친구들에게 새로 주려고 했던 이름이에요. 그 친구들은 진짜 '영지'를 다스리는 '영주' 이지만 프라임이라는 거창한 이름을 너무 오랫동안 써왔거든요. 단순하게 보자면 농사꾼들의 두목인데 말이죠. 그런데 당신이 우연히 그 이름을 떠올려 버렸군요."

"음……."

하이볼크는 팔짱을 끼고 고민했다.

"나중에 창조주가 되면 쓰려고 했는데……."

"음, 그런가요? 어지간히 마음에 들었나 보네요. 그렇다면 제가 양보할게요."

"정말이요?"

"예, 물론이죠. 추억이라는 불멸의 영토를 그들에게 부여한다는 당신의 말이 너무 마음에 들었거든요."

"헤헤."

하이볼크는 회색의 단발머리를 만지며 부끄러워했다.

"그런데 당신은 누구인가요?"

"당신이 창조주가 된 이후 시간이 흐르면 알게 될 거예요.. 그때 이후에도 가즈 나이트라는 이름을 쓸 수 있을 만큼 순수한 신이기를 기원할게요."

"예!"

어린 하이볼크는 자신 있게 대답했다.

그리고 한참의 시간이 흐른 뒤.

자신이 구축한 세계의 대부분을 쉬프터의 킹 클래스에 의해 잃어버린 노인, 하이볼크는 두 번 다시 가즈 나이트라는 말을 쓸 수 없었다.

대신 선택한 것은 '주신계 직속 광역감찰부'라는 건조한 이름이었다.

가즈 나이트라는 이름을 먼저 선택한 자가 누구인지, 또 어느 위치에 있는 존재인지를 킹 클래스에게서 간접적으로 실감한 이후 공포를 느껴버렸기 때문이다.

\* \* \*

"그래, 하이볼크야. 그것 말고는 설명이 안 돼."

리오가 버릇대로 어깨를 으쓱했다.

"왜 그럴 필요성이 있었는지는 이해 못하겠지만 말이지."

그가 쓸쓸히 중얼거렸다.

"이 세계도, 이 세계의 역사도, 심지어는 생명체들도 바로 이 오류를 일으키기 위해서 존재하고 번영해 온 거야.

그 노인네도 황당한 짓을 저지르는 재주가 있었군."

그가 이윽고 눈짓으로 미미르를 가리켰다.

"덕분에 저 녀석과는 여기서 이별인 것 같은데?"

리오의 말대로 검은색 눈을 가진 하얀 존재, 미미르는 휩쓸리듯 와해되고 있었다.

"내가 이것을 예상 못했다니……. 후후, 너희들이 쓰는 표현을 빌리자면 추태로군. 하지만 상관없어. 손해를 본 건 없으니까."

연기처럼 흔들리는 미미르의 두 눈이 날카롭게 변했다.

"조만간 다시 만날 날을 기대하마."

미미르가 웃음소리를 남기며 완전히 사라진 후, 날개를 모두 잃은 채 쓰러져 있던 피엘이 머리를 흔들며 일어나려 했다.

하지만 미미르에게 몸을 빼앗기면서 혼선된 신경이 아직 풀리지 못했기에 피엘은 빙판에 미끄러지듯 허우적거릴 뿐, 제대로 일어나지 못했다.

"대체 무슨 일이……?"

"재수가 없었어, 당신."

디바이너를 챙겨 거둔 리오가 그녀에게 다가갔다.

피엘은 자신의 날개에 꿰뚫렸던 리오의 부상부위와 옷이 말끔히 재생되는 것을 보고 한탄하듯 숨을 내뱉었다.

"싸울 맛이 나지 않는군."

"아, 그래. 나도 폭력을 싫어하는 편이야. 아무도 그 말을 안 믿지만 말이지."

"......."

리오는 카샤를 확보해 보호하고 있는 아테나를 돌아봤다.

[그 원숭이 계집애를 데리고 여길 빨리 벗어나도록 해.]

[주인님?]

[지노그가 깨진 건 어쩔 수 없지만 아카식 레코드의 기록상 현재는 너도 두 명이야. 과거의 네가 어딘가에 있을 거라고. 피엘이 너를 아테나라고 인식하는 순간 지노그처럼 공명해서 무슨 일이 일어날지 모르니 어서 가도록 해.]

[알겠습니다. 엠프레스와 함께 이 상황에 대해 논의해 보겠습니다.]

[엠프레스? 그 여자 또 왔어?]

[그녀가 신경 쓰이십니까?]

[무섭잖아.]

아테나가 손으로 입을 막았다. 그녀가 그렇게 웃음을 참는 모습을 처음 보다시피 하는 리오와 실제로 오늘 아테나를 처음 본 카샤가 그녀에게 시선을 모았다.

[별일이시군요. 아무튼 저는 이곳에서 주인님과 인연을

맺은 자들이 있는 곳으로 가겠습니다. 그곳에서 뵙겠습니다, 주인님.]

[그러지.]

아테나가 카샤를 데리고 휙 사라졌다. 피엘의 감지능력을 초월한 이동방식이었기에 피엘은 여전히 땅만 보고 한숨을 쉬고 있었다.

"이제 이 행성은 어찌되는 거지?"

"모르겠군. 일단 성계신을 처리하고 에텔라이저도 완전히 소멸시켜야 하니… 어?"

피엘이 깜짝 놀랐다. 세계 전체만이 아니라 리오와 자신의 몸까지도 반투명하게 변했기 때문이다.

"아무래도 이 세계가 소멸하는 것 같군."

리오가 말했다.

"계속 있으면 아마 당신도 휘말려서 소멸할 거야. 어서 떠나든가 해."

"무슨 일인지 아직도 파악할 수 없군."

피엘이 다시 한숨을 쉬었다.

"리오 스나이퍼라고 했나?"

"음, 그렇지."

"그대가 주신계에서 비롯된 존재라는 것은 이제 어설프게나마 느껴지지만 왜 나에게 대적할 만큼 자유롭게 행동할 수 있는 건가? 창조주이신 하이볼크님의 지배에서 어떻게 벗어날 수 있단 말인가?"

"사연이 많지. 왜, 부럽나?"

"솔직히 그렇군."

피엘이 씩 웃었다.

"나에게도 자유를 줄 수 있겠나?"

그녀가 물었다. 예전에도 그와 같은 질문을 들었던 리오는 어깨를 으쓱했다.

"나중에 날 다시 만나면 물어봐."

"부디 그랬으면 좋겠군."

날개를 다시 펼친 피엘이 고속으로 솟아오르다가 이내 사라졌다.

리오는 머리를 풀고 한 차례 정돈하며 생각에 잠겼다.

"그때 비서관이 나에게 그랬던 게 설마 오늘 일 때문은 아니겠지? 흠, 설마."

머리끈을 다시 묶은 리오는 아테나와 다른 이들이 기다리고 있는 지점으로 날아갔다.

이동하는 동안 세계의 투명화가 점차 심해졌다. 리오 역시 그랬지만 그 정도가 달랐다.

'이 세계의 존재 이유가 정말 해결됐나 보군.'

이윽고, 리오가 아테나와 카샤, 엠프레스가 있는 장소로 되돌아왔을 때 그 세계의 주민인 딩고와 리엘, 라스티는 다 함께 허무한 표정으로 하늘만 바라보고 있었다.

"이제 여기서 나갈 수 있는 건가?"

리오가 돌아오자마자 질문하자 아테나가 끄덕거렸다.

"예, 주인님. 하지만……."

피엘은 사라짐이 가속화되고 있는 모든 이들을 눈짓으로 가리켰다.

"알고 있어. 내가 얘기하지."

리오가 딩고 앞으로 다가갔다.

"딩고 슈케르라고 했지?"

딩고가 자신의 이름을 부르는 리오에게 고개를 돌렸다.

"예. 그런데 이건 대체 무슨 일이지요? 꼭 모든 게 끝나 버리는 느낌이에요."

"실제로 그래. 이 세계의 역할이 끝났거든."

리오는 설마 자신이 남에게 그런 말을 할 날이 올 줄은 꿈에도 몰랐다.

'비서관도 나와 같은 심정이었을까?'

그는 어떻게든 이 세계의 모든 이들을 구하고 싶었다. 그러나 애초부터 현실이 아니라 아카식 레코드의 기록이었을 뿐인 그들을 구할 방도는 없었다. 있다 하더라도 그의 능력을 한참 초월하는 범위의 사건이었다.

"전 아직 만나야 할 사람이 너무 많은데요?"

"이해한다고 말하진 않을게. 모든 것이 부조리하겠지. 하지만 어쩔 수 없어. 내가 활동할 무렵, 그러니까 먼 미래에는 이 세계와 관련 있는 장소가 그 어디에도 없었거든. 기록조차도 말이야."

"그럴 수가……."

딩고는 힘이 빠져 주저앉으려 했다.

그런 그를 리오가 두 손으로 붙들어 다시 일으켰다.

"하지만 기록은 남아 있어. 그렇기에 너와 내가 만난 거야."

"……."

"여기서 끝이 아닐지도 몰라. 그러니 절대로 포기하지 마."

"무엇을요?"

"모든 것을."

이제 거의 사라지기 일보직전인 딩고는 신비로울 만큼 힘이 넘치는 리오의 눈에서 시선을 떼지 못했다.

"누군가가 나에게 자주 말했어. 이야기가 전해지는 한 전사는 불멸이라고 말이야. 그 말을 내가 써먹을 줄은 몰랐는데… 아무튼 내가 너희들의 이야기를 전할 수 있게 됐어. 그러니 희망은 있는 거야."

"……."

"잠든다고 생각해, 딩고 슈케르. 어차피 너에겐 휴식이 필요했어."

"제가 그렇게 힘들어 보였나요?"

"물론이지."

리오가 웃었다. 한 쪽 눈이 F.O.R로 인해 심하게 망가졌지만 딩고는 상대의 그런 모습이 싫지 않았다.

"당신을 좀 더 일찍 만났으면 좋았을 것을 말이죠."

"다시 만나게 될 거야."

말을 들은 딩고가 웃으며 눈을 감았다.

그 직후 모든 세계가 순백색으로 변했다.

리오는 딩고의 어깨를 잡았었던 빈손을 아래로 내렸다.

"거짓말을 멋지게 해버렸군. 비서관은 적어도 거짓말은 안 했던 것 같은데."

리오의 표정이 어두워졌다.

"이제 돌아가지. 아카식 레코드는 이제 지긋지긋해."

"알겠습니다, 주인님."

아테나의 몸이 빛났다. 모든 이들의 모습이 그 빛에 감싸인 뒤 그 세계에서 사라졌다.

\*　　　\*　　　\*

다시 눈을 뜬 리오는 숨을 쉴 수 있다는 사실을 깨닫자마자 왼손으로 자신의 왼쪽 눈을 만졌다.

눈은 멀쩡했다. F.O.R의 흔적은 없었다.

상반신을 일으킨 그에게 카샤가 달라붙었다.

"정말 살아났도다! 세상에, 세상에……!"

그 소녀가 그의 옷에 얼굴을 부비면서 눈물과 콧물까지 엉겨 붙었다.

리오는 살랑거리는 그녀의 꼬리를 보고 안도의 미소를 지었다.

"감촉은 똑같지만 이렇게 반가울 줄은 몰랐군. 역시 넌 남자를 끄는 매력이 있는 여자야."

"무슨 농담인가! 본좌를 우롱하지 마라!"

카샤가 작은 주먹으로 리오의 두꺼운 가슴을 때렸다.

리오는 그녀의 모습에서 이제는 다시 볼 수 없는 어린 루이체를 느꼈다.

카샤를 팔로 받치고 일어난 리오는 앞에 서서 기다리고 있는 아테나와 엠프레스를 머쓱한 표정으로 봤다.

"정말 제가 존칭을 쓰지 않아도 괜찮겠습니까, 아테나 님?"

리오가 다시 존칭을 쓰며 질문하자 감정을 한껏 억누르

고 있던 아테나가 결국 조용히 폭발했다.

"너무하시는군요. 주인님."

"당신은 저의 은인이십니다, 군신이시여. 노예니 뭐니 했던 것은 전부 당신을 주신계의 간섭에서 피하게끔 하기 위한 핑계였는데 설마 이렇게까지 은혜를 베풀어주실 줄은 몰랐습니다."

리오는 카샤를 안은 채 고개를 숙여 예를 갖췄다.

'저 작은 신은 어째서 내가 있어야 할 자리를 대신하는 것인가?'

일순간 그렇게 생각해버린 아테나는 즉시 자신을 질책하고 카샤에 대한 미움을 풀었다.

"그럼 은혜를 입은 자로서 나의 부탁을 들으시오, 리오 스나이퍼여."

"말씀하십시오."

"나에게서 행복을 빼앗지 말아주시오."

리오는 그녀의 어중간한 표정을 가만히 지켜봤다.

"전 당신께 해드린 것이 아무것도 없습니다, 아테나님."

카샤는 그런 말을 내뱉은 리오를 터무니없다는 듯이 올려다봤다. 아테나도 상심하여 주먹을 굳게 쥐었다.

"카샤님과 함께 일행이 있는 곳으로 돌아가십시오."

"당신께서는 가시지 않는 겁니까?"

리오가 묻자 아테나는 눈을 감은 채 고개를 슬슬 끄덕거렸다.

"전 약속한 일을 해야만 합니다. 다시 만날 날이 올지 모르겠군요."

리오는 그녀가 제법 큰 거래를 했기에 쉬프터의 본거지에 남으려 한다고 생각했다.

그냥 손님의 자격도 아닌 것 같았다. 엠프레스를 비롯한 퀸 클래스 전원이 그녀를 보호하는 듯한 모습으로 서 있었다.

'미안하지만 지금은 이럴 수밖에 없다고.'

리오는 가볍게 마음을 정리했다.

"부디 좋은 일로 다시 뵈었으면 합니다."

아테나는 대답 없이 돌아섰다.

"저분들이 가실 길을 열어주게, 엠프레스."

"예, 아테나님."

엠프레스가 리오의 앞쪽에 공간이동용 통로를 열어주었다.

"그대의 일행이 있는 곳으로 통하는 길이다. 들어가도록."

"흠, 이거 결국 요리를 못해주게 됐군."

"시간은 많다, 그대여."

엠프레스의 여유를 보고 씩 웃은 리오는 그대로 공간이
동용 통로 안으로 들어갔다.

통로가 닫힌 뒤, 아테나는 자신보다 훨씬 키가 큰 엠프레
스의 몸을 두 팔로 껴안았다.

엠프레스는 자신의 품속에서 부르르 떨며 감정을 억누르
는 그 군신을 어찌해야 할지 몰라 당황했다.

곁에 있던 퀸 클래스들 중 한 명이 팔을 조용히 움직였
다. 그냥 안아주라는 뜻이었다.

후배의 도움을 이해한 엠프레스는 두 팔로 아테나를 껴
안고 그녀의 등을 만져주었다.

"제가 함께 하겠습니다. 군신이시여."

거기에서 끝났으면 좋았겠지만 엠프레스에게 마주 안아
주라는 신호를 보냈던 퀸 클래스가 입을 놀렸다.

"그렇습니다, 아테나님! 남자란 다들 저런 식이지요!"

엠프레스와 모든 퀸들이 그 문제 발언을 한 퀸에게 시선
을 집중했다.

"…일단 어린 동포들을 추스르세. 움직이게나."

엠프레스가 낮은 목소리로 말했다.

"알겠습니다."

다른 퀸 클래스들이 문제 발언을 한 퀸 클래스를 붙잡고
그 방에서 사라졌다.

                    *       *       *

"진짜 카샤야? 그런 거야?"

키르히가 두 손을 늘어트린 채 카샤가 있는 곳으로 걸어
갔다.

그와 똑같이 울상이 된 나머지 걷지도 못하던 카샤는 보
다 못한 리오가 등을 밀어준 뒤에야 겨우 발을 뗄 수 있었
다.

"키르히!"

전속력으로 달린 카샤는 훌쩍 뛰어 키르히의 목을 껴안
았다. 그녀는 눈물로 번들번들한 키르히의 뺨에 자신의 뺨
을 문질렀다.

"사내가 이 무슨 홍수란 말이냐?"

"아니, 그게 아니라……."

갈색 머리의 청년은 눈가는 물론 코까지 빨갛게 된 채로
카샤를 어루만졌다. 카샤도 키르히의 머리카락과 얼굴을
만지작거리느라 정신이 없었다.

아레스도 바로 옆에 있었지만 그들의 재회에 동감하지
못하고 제3자의 시선으로 바라보고 있는 자신이 너무 싫어
담담한 표정을 짓고 있었다.

'내가 이만큼 오랫동안 고향과 떨어져 있었나?'

그러나 그런 그도 카샤가 나무를 타는 원숭이처럼 자신에게 뛰어 안기자 감정의 벽이 붕괴되고 말았다.

"아레스! 역시 살아 있었군!"

"아……."

"자네에 대해서 아무것도 모르고 있었다니… 미디엄 실격이로군. 미안하네, 정말 미안해."

오랜 시간을 다른 사람으로서 살았긴 했지만 아레스는 카샤에게서 풍겨오는 고향의 냄새를 맡자마자 금방 목이 메었다.

"정말 돌아가도 되는 거야?"

"당연한 말을 왜 하는가? 본좌와 함께 돌아가면 그만이 아닌가?"

카샤가 의아해하자 아레스는 눈짓으로 리오를 가리켰다.

"일이 아직 끝나지 않은 것 같아."

리오는 일단 겉으로 카샤와 키르히, 아레스를 바라보고 있긴 했으나 그 눈빛은 섬뜩할 정도로 차분했다.

약 한 달 만에 살아 돌아온 그를 환영하려 달려들던 루이체도 리오의 그런 분위기 때문에 어정쩡한 모습으로 늘어서 있었다.

그렇게 심각한 표정을 짓고 있는 그는 실제로도 생각에

빠져 재회의 감동은커녕 다른 이들의 모습조차도 인식하지 못하고 있었다.

'아카식 레코드는 정말 답이 안 나오는 문제였는데 왜 술술 풀린 거지? 이건 좀 아닌데?'

그는 피엘의 몸을 강탈한 미미르를 만났을 때 정말 끝장일 거라 생각했다.

리오는 감옥이라 할 수 있는 아카식 레코드에 대해서 그 기본개념조차 제대로 파악하지 못했다.

아카식 레코드를 이루는 구조의 단편이라도 해석하기 위해서는 연산능력이 지극히 높은 최상급 신 이상의 능력이 필요하다는 추측만이 그가 얻은 유일한 소득이었다.

또한 그 추측도 카샤가 엠프레스의 도움을 받아 들어왔다는 말을 들은 이후에나 겨우 수립할 수 있었다.

그는 자력으로 탈출할 수 있는 실마리도 잡지 못한 채 자신을 가둔 장본인이 자신을 제거하려고 하는 상황에 처하기까지 했다.

거기서 아테나가 나타난 것은 말 그대로 기적이었다.

'갑자기 증가된 아테나의 힘도 그렇고, 아테나를 대하는 엠프레스의 자세도 그렇고… 뭔가 거래가 있었나? 사이악스는 왜 본거지를 계속 비우고 있는 거지? 하이볼크는 정말로 이걸 전부 예상했나? 도저히 알 수가 없군.'

리오는 일행들과 조금 거리를 둔 채 서 있는 흠집의 룩과 다른 쉬프터들을 봤다.

'상황과 구성원 자체가 아주 짜증나지만… 벽을 보고 얘기하는 것보다는 낫겠지.'

고민하고 있는 리오에게 키르히가 다가왔다.

"선생."

"응? 흠, 볼 만한 얼굴이군."

리오는 얼굴 전체가 뻘겋게 된 키르히를 보고 실소를 지었다.

"원하는 바를 이룬 것 같은데, 감상이 어때?"

"누구한테 고마워해야 할지 모르겠어."

키르히가 훌쩍거렸다.

리오는 피식 웃으며 그의 어깨를 쳤다.

"지금까지 잘 버틴 네 자신에게 고마워하도록 해. 퀸 클래스와 싸우지 않고 얻을 걸 다 얻었잖아?"

"응? 아니야."

"뭐?"

그것은 카샤에게 듣지 못한 사항이었다.

"싸우긴 싸웠어. 과정과 결과가 너무 웃겨서 그렇지만."

"그 웃긴 과정과 결과를 자세히 말해봐."

키르히의 어깨를 덮은 리오의 손에 힘이 들어갔다. 키르히는 그 기세에 놀라 침을 꼴깍 삼켰다.

"사이악스가 준 보석을 깨서 퀸 클래스를 부르니까 엠프레스가 나타났어. 자기도 퀸 클래스라고 하면서 말이야."

"틀린 말은 아니지. 듣자 하니 명예직이라더군."

"응, 맞아."

키르히가 다음 이야기를 하기 전에 리오는 사이악스가 처음부터 카샤를 봐줄 생각이 전혀 없었음을 확신했다.

"그런데 엠프레스의 행동이 이상했어. 있는 폼은 다 잡더니 갑자기 꾀병을 부리면서 졌다고 하더라고. 웃겼는데 너무 짜증나서 웃을 수가 없었지."

"……"

리오는 엠프레스가 자신을 구하기 위해 1차적으로 카샤를 동원했고 그 다음에는 아테나를 택했을 것이라고 추측했다.

'엠프레스의 능력은… 연산능력만 따진다면 카샤와 아테나 모두를 능가하고도 남지. 그런데도 카샤와 아테나를 동원한 이유가 뭐지?'

둘의 공통점은 어쨌거나 '신'이라는 점이었다.

그때부터 그의 추리가 시작됐다.

'권능의 사용여부가 기준점인 것 같군. 사이악스는 몰라도 그 이하의 쉬프터들은 권능에 가까운 능력을 발휘할 수 있지만 권능 그 자체를 사용하진 못했어. 엠프레스의 미친 전투능력 역시 따지고 보면 가공할 만한 연산능력을 바탕으로 한 물리력이야. 신들의 권능처럼 원인과 결과를 무시한 힘과는 차이가 있지.'

리오는 팔짱을 낀 뒤 눈을 감고 얼굴을 하늘로 향했다.

'엠프레스가 카샤를 그냥 돌려주지 않고 키르히가 웃겼다고 말할 만큼 어설픈 연극까지 하면서 억지로 패배한 이유는 뭘까?

사이악스가 카샤의 반환조건으로 건 것은 키르히 혼자서 퀸 클래스를 상대로 승리하는 것이었다.

리오는 그냥 넘어갈 수도 있는 그 부분을 끈질기게 물고 늘어졌다.

'사이악스에게는 그냥 조건이었을지 몰라도 키르히의 상대 역할로 지정된 엠프레스에게는 절대적인 명령이었을 거야. 본능, 혹은 세뇌⋯ 아니, 아르비스의 경우를 보자면 그냥 지극히 소극적이라고 해야겠군.'

그는 떠올린 것들을 차츰 정리해봤다.

'사이악스는 엠프레스에게 나를 맡겼고 그건 그냥 부탁이 아니라 명령으로 인식했을 거야. 내가 기습을 당해서 아카식 레코드에 잡혔을 때 카샤를 동원해서 꺼내주려 한 이유는 명령의 우선순위를 따른 것이겠지.'

그는 고개를 숙인 후 오른손을 들어 이마를 짚었다. 그 자리에 있는 모든 이들이 고민에 빠진 그의 행동에 주목했다.

'엠프레스에게는 아카식 레코드에 대한 지식이 있었어. 하긴, 없으면 이상하지. 그리고 개입을 위해서는 쉬프터로서의 경험과 능력보다는 신의 권능이 필수였을 거야. 자물쇠도 톱니가 맞아야 돌아가니까.'

그의 손이 다시 왼팔 위로 내려왔다.

'카샤라는 수단이 깨진 뒤에 아테나를 동원한 자는 엠프레스가 아니라 저 흠집 난 가면을 쓴 녀석일 테지. 시공간의 틈새에서 같이 시간을 보낸 사이니까 인맥이라면 인맥이라 할 수 있거든. 그리고 교환조건으로 카샤를 걸었나? 하, 장사 정말 못하는 놈들이군. 그냥 나를 구하려 한다고 말만 하면 맨발로도 뛰어나올 존재가 아테나란 말이야.'

그녀가 그렇게 헌신적인 존재임을 알면서도 리오가 쉬프터의 본거지에서 그녀를 삭막하게 대한 이유는 따로 있었다.

'아테나가 하이볼크의 신계를 벗어났는데도 존재를 유지할 수 있는 까닭이 궁금했지. 엠프레스는 내가 신계를 벗어난 상황에서 멀쩡히 존재할 수 있는 이유를 모른다 했어. 그런데 가축 취급해 온 아테나를 모셔온 주제에 존재의 와

해 같은 고민은 전혀 하지 않는 눈치였지.'

그것이 그가 아테나와 거리감을 둔 이유였다.

'내가 없는 동안 아테나에게 어떤 일이 일어난 게 분명해. 저 룩 클래스들이 멀뚱히 서 있는 꼴을 보면 저놈들이 알 만큼 공식적인 사항은 아닌 게 분명하고… 혹시 사이악스와 만났나?'

그는 사이악스가 자신에게 킹 클래스의 가면을 내민 모습을 똑똑히 기억하고 있었다.

'아테나가 킹 클래스가 됐을지도? 아니, 그건 아닐 거야. 엠프레스를 비롯한 퀸 클래스들이 새로 들어온 킹 클래스 따위를 그렇게 애지중지 모실 리가 없어.'

그가 눈을 슬그머니 떴다.

'아테는 분명 사이악스와 직접 접촉했을 거야.'

그는 확신했다.

'그게 아니라면 엠프레스가 아테나를 접대하는 자세가 설명이 안 돼. 견적도, 그림도 안 나와. 둘이 접촉을 했고 쉬프터들에 관한 권한을 아테나에게 넘겨줬다고 쳤을 때… 왜 진작 아테나를 동원하지 않고 카샤를 동원했을까? 사이악스가 그런 중요한 사항을 엠프레스도 모르게 처리할 위인이 아니잖아? 그렇다면 나와 카샤가 아카식 레코드 안에 갇힌 뒤에 일이 진행됐다는 뜻인데… 그런데도 사이악스가

자리에 없는 이유는 뭔데? 프라이오스와 함께 자리를 비우겠다고 한 뒤에는 소식이 없잖아?'

거기서 떠오른 것이 프라이오스였다.

'사이악스는 프라이오스를 의장이라 불렀어. 프라임들끼리 모여서 회의라도 하나? 뭐, 그럴 수도 있겠지. 이상한 일은 아니야.'

다음으로 떠오르는 것은 미미르였다.

'녀석이 사냥꾼들을 무차별로 동원할 수 있는 존재라면… 혹시?'

리오는 영악하게 웃으며 홈집의 룩을 봤다.

"혹시 말인데, 프라임들의 회의장은 여기서 꽤 멀리 떨어진 곳에 있나? 언제쯤 온다는 얘기는 있었고?"

일행은 리오가 뜬금없이 프라임에 대한 이야기를 꺼내자 매우 의아해했다.

그러나 홈집의 룩은 눈에 확 들어올 만큼 몸이 굳어졌다. 가면의 홈집이 붉게 달아오르기까지 했다.

'저 녀석, 알고 얘기하는 건가?'

예상 못한 발언에 당해버린 홈집의 룩은 아무 말도 못했다. 하지만 리오의 능청스러운 자세에 '그러겠거니' 생각을 해버린 어린 쉬프터들은 달랐다.

"언제 오실지 저도 궁금합니다."

"아……."

흠집의 룩은 자신에게 말을 한 나이트 클래스의 가면을 손으로 덮으며 신음 소리를 냈다.

리오는 키득거리며 키르히의 등을 툭툭 쳤다.

"공짜보다 비싼 건 없다는 말이 있지."

"응?"

키르히의 눈이 동그래졌다.

"식사나 하자. 배가 정말 고프군. 식당은 어디지?"

"저 건물이야, 오빠."

루이체가 어떤 건물을 가리켰다.

"내가 준비할까?"

"응, 부탁할게."

흠집의 룩을 향해 터벅터벅 걸어간 리오는 그와 강제로 어깨동무를 했다.

"우리 재미있게 얘기를 나눠보자고, 친구."

"악마 같은 놈……!"

둘의 그 대화를 들은 지크는 고글을 만지작거리며 한숨을 쉬었다.

'아, 저 패턴이군. 당하면 다 저렇게 되지.'

그는 자신이 알고 있는 리오, 즉 오리지널 리오와 지금 룩 클래스를 끌고 다니는 리오의 결정적 차이가 바로 두뇌

회전이라 정의한 적이 있었다.

'당장은 맨땅에 머리를 박는 것처럼 보여도 나중에 보면 전부 근거를 가지고 계산을 한 뒤에 저지르는 행동이거든. 그러니 아테나님을 이기고 룩 클래스를 저렇게 뜰 수 있는 거지.'

그는 한숨을 쉬며 기지개를 켰다.

'녀석들이 그럽네.'

그는 만날 수 있을지 없을지 알 수 없는 자신의 형제들을 잠시 떠올려봤다.

*　　　*　　　*

홈집의 룩에게 있어서 리오는 또 한 명의 은인이었다. 하지만 리오가 원하는 정보는 쉬프터들 사이에서도 최고등급의 기밀이었기에 그는 고민하지 않을 수 없었다.

상황의 중요성을 잘 모르는 그의 부하 세 명은 코 윗부분까지 올린 채 자신들 몫으로 놓인 요리들을 철없이 먹고 있었다.

"안 먹나?"

다른 일행이 놀랄 만큼 많은 양의 식사를 한 리오는 일곱 번째로 온 접시를 포크로 두드리며 홈집의 룩에게 물었다.

"혹시 채식주의자는 아니겠지?"

접시 위에는 고기 요리가 잔뜩 쌓여 있었다.

"좋아, 죽었다고 생각하고 얘기해 주지."

흠집의 룩이 포기했다는 투로 중얼거리고는 다른 쉬프터들처럼 가면을 위로 올리고 고기 덩어리를 우물거렸다.

"묻고 싶은 것을 얘기하게. 단, 너무 민감한 부분은 돌려서 대답할 수도 있으니 알아서 해석하게."

"그럼 나도 도움이 될 이야기를 해주지."

리오는 손끝으로 포크를 때려 강한 진동을 걸고는 그것을 이용해 고기를 잘랐다.

야생의 것이라 조금 질긴 편인 고기들이 힘줄이고 뭐고 가릴 것 없이 매끈하게 잘리는 것을 본 어린 쉬프터들은 각자 포크를 손끝으로 때리며 보다 편하게 식사를 했다.

"엠프레스가 아테나… 그래, 아테나님이라고 하지. 엠프레스가 그분을 윗사람 모시듯 하고 있다는 게 얼마나 중요한 일인지는 그쪽도 알 거야."

"아아, 나도 놀랐지."

말은 그렇게 넉넉히 했지만 사실은 혼이 빠져나가는 게 아닐까 할 만큼 놀랐던 것이 그였다.

"그리고 난 아카식 레코드에 갇혀 있었어. 그리고 그 안에서 엠프레스가 사냥꾼들을 먼지처럼 털어버리는 것을 목격했지."

"그분께서 직접 싸우시는 모습을 목격했다는 것 자체가 자네에겐 우주적인 행운일세."

"음, 그 우주 말인데. 경작지를 벗어나서 본거지로 간 아테나의 존재가 어째서 와해되지 않았는지 궁금하군. 혹시 알고 있나?"

"내가 그분을 모셔가겠다고 엠프레스께 말씀드렸네. 이유를 모를 리가 있나?"

"그럼 듣고 싶군."

"좋아."

흠집의 룩은 고기 몇 점을 연거푸 먹은 뒤에 이야기를 시작했다.

"물고기가 당장 물 밖으로 나오면 어찌될 것 같나?"

"특별한 물고기가 아니라면 죽겠지."

"맞아. 자네들은 물고기야. 아무런 보호수단 없이 신계의 경계점을 넘어가면 존재가 와해되고 말지. 신들도 예외는 아니야."

"그럼 아테나님은 그 경계를 넘어서도 생존할 수 있는 존재란 말인가? 예를 들어… 아우터 갓처럼?"

"음……."

아우터 갓에 대한 이야기를 아레스와 짧게나마 했던 흠

집의 룩은 자신들을 바라보고 있는 아레스를 잠깐 쳐다보다가 다시 리오를 봤다.

"자네는 누구에게 아우터 갓이라는 이름을 들었나?"

"엠프레스가 말하더군."

"자세한 개념까지?"

"그럴 틈은 없었지."

"그렇군."

흠집의 룩은 어떻게 대답을 해줘야 할까 고민하다가 자신이 먹던 고기에 시선을 뒀다.

"음, 이렇게 설명하면 되겠군. 경작지 내의 신계를 목장이라고 쳤을 때, 목장 밖에서 자연의 이치에 따라 자유롭게 살아가는 동물을 자네들은 뭐라고 부르나?"

"야생동물?"

"그것이 아우터 갓일세. 자네와 관련이 있는 신인 오딘과 브리간트, 그리고 아테나님은 우리 내부에서 아우터 갓으로 규정한 존재일세."

"브리간트까지?"

리오는 의외의 이름이 나오자 상당히 놀랐다.

"하이볼크와는 완전히 독립된 존재가 아닌가? 이상한 일이 아닐 텐데?"

"제흡과 아롤도 그렇잖아?"

"흠, 역시 자네들은 스스로에 대해서 너무 모르는군. 브리간트가 창조한 생물들 가운데에는 우주공간에서 생존이 가능한 존재들이 있지. 그렇지 않나, 용제여?"

"……."

바이칼은 포크를 입에 문 채 가만히 있었다. 카이리는 뜬금없이 나온 말에 충격을 받고 어이없어했다.

"달나라에 여행이나 가라고 그러한 능력을 주는 신은 없다네. 실제로 가 봤자 별것 없지만……. 아무튼 그 능력은 용제들에게만 전승되지. 그 외의 용족은 육체 안에 아무리 기계를 밀어 넣어도 대기권을 빠져나간 즉시 모든 공격수단을 잃어버린다네. 호흡이 힘들어지는 것은 물론 숨결 속에 섞이는 속성부터가 와해되니까. 하지만 용제는 달라."

"어떤 부분에서?"

리오가 물었다.

"멸성의 힘이었나? 일단 그 힘부터 대기권 밖에서 지상을 타격하기 위해 존재하는 능력일세. 이건 큰 실례가 되는 말이네만, 용제들은 용족이 아닐세. 모든 여성형태의 지적 생명체, 심지어는 신을 통해서도 자손을 남길 수 있는 별종일세."

"그야말로 실례로군!"

어머니 쪽이 용족이 아니라 여신인 바이칼이 격분하여

포크를 내 던졌다.

"번식방법도 바꿀 수도 있다네. 모친의 몸속에서 몇 달을 지낸 뒤에 태어나는 방식, 즉 태생(胎生)에서 알을 이용한 난생(卵生)으로도 전환이 가능하더군. 용족 멸종이라는 최악의 경우가 닥치더라도 어떻게든 알을 낳을 수 있는 모체와 용제 자신만 있다면 개체수를 기하급수적으로 늘리는 것도 가능하지."

"하하."

카이리가 헛웃음을 지었다.

"간부급 쉬프터는 역시 다르네? 언제부터 그 사실을 알게 됐지?"

카이리가 질문하자 바이칼과 쑤밍의 표정에서 핏기가 동시에 빠졌다.

"원한다면 브리간트가 요르문간드의 형태에서 탈피하여 지금의 모습이 되는 장면을 영상으로 보여줄 수도 있네. 그건 '기밀'이 아니라 '오락'으로 분류된 자료니까 공개해도 상관없겠지."

흠집의 룩이 내놓은 답변 한 방에 카이리의 기세가 완전히 꺾이고 말았다. 어린 쉬프터들은 대선배의 그 모습에 통쾌함을 느끼고는 서로 주먹 등을 부딪치며 즐거워했다.

"사이악스 프라임께서는 그 이상의 사실도 알고 계시는

것 같네만… 지금 당장 중요한 것은 브리간트겠지. 브리간트는 우주에서 생존이 가능한 생명체를 창조할 만큼 우주에 대한 지식이 해박하다네. 그만하면 우리의 기준으로 따졌을 때 아우터 갓이라 할 수 있지."

"그럼 아테나님을 아우터 갓으로 분류한 기준은 뭐지?"

리오가 물었다.

"기준이라기보다는 감이랄까?"

"감?"

"아테나님께서 피엘 플레포스를 일격에 침묵시키시는 모습을 보고 혹시나 했지. 올림포스를 담당했던 동포들에게 물어보니 아테나님은 대단한 별종이었다고 하더군. 사이악스 프라임께서 정보를 통제하시기도 했고……. 그래서 혹시나 했지만 맞아들었다네. 그분은 내가 모르는 계기를 통해 아우터 갓이 되셨을 거야."

"오딘님은?"

"오딘이라… 사실 그게 좀 이상해."

마침 식사를 마친 흠집의 룩은 입가를 닦은 후 가면을 내려 똑바로 썼다.

"오딘이 아우터 갓이라는 사실은 우리들조차도 비교적 최근에 알게 되었다네. 아스가르드를 담당했던 동포들이 그것 때문에 마음고생이 심했지. 하지만 오딘이 그렇게까지 철저하게 자신을 감출 수 있을 줄은 몰랐어. 신기함을 떠나서 위협적인 일이라고 할 수 있다네."

"음……."

리오는 카샤를 흘끔 봤다.

"그럼 카샤는?"

"어찌 보면 아우터 갓이라네. 아우터 갓은 분류기준일 뿐이지 힘의 기준은 아니야. 키르히 펙터가 있던 세계에 대해서는 자료가 부족해서 뭐라고 대답을 해줄 수 없군."

"흠……."

이야기를 듣는 동안 식사를 마친 리오는 입가를 닦고 물을 마시며 창밖을 봤다.

동이 트고 있었다.

그는 자신이 수 시간 전까지 아카식 레코드에 갇혀 있었다는 사실을 실감할 수가 없었다. 그쪽과 이쪽은 그만큼 위화감이 없었다.

"아카식 레코드에 사냥꾼이 나타난 건 어떻게 생각해?"

"아주 중대한 문제다, 리오 스나이퍼."

흠집의 룩이 망토 속에서 팔짱을 끼며 말했다.

"이 세상의 창조주인 하이볼크에게 아카식 그래퍼로서의 재능이 있었다는 것은 별개의 문제다. 사냥꾼들이 아카식 레코드를 왜 확보하고 있는지는 모르겠지만 일단 녀석들의 손에 들어간 이상 너희들은 그냥 이 자리에서 멸망하는 게 나을지도 몰라."

"어째서?"

"사냥꾼들이 마음먹기에 따라 이 세상의 구성원 전체가 녀석들의 꼭두각시가 될 수도 있거든. 네가 아카식 레코드 안에서 버텨낸 것은 매우 신기한 일이야. 그리고 신기한 일은 자주 일어나지 않지."

"카샤와 함께 있을 때는 아카식 레코드의 지배를 받지 않았던 것 같아. 이유를 아나?"

홈집의 룩은 멸망이라는 말을 들었음에도 불구하고 냉정하게 질문을 해오는 리오의 자세에 실소를 지으며 고개를 저었다.

"정말 네 근본에 뭐가 있는지 궁금하군. 미친놈 같진 않아서 물어보는데, 혹시 희망을 품고 그런 질문을 하는 건가? 이미 너희들의 능력으로 해결할 수 있는 일이 아니라는 걸 모르진 않을 텐데?"

"……."

"너희들은 결코 주인공이 될 수 없어. 창조주조차 대강 20억 년이라는 짧은 시간 만에 도살장으로 끌려가는 무대에서 고작 피조물인 네가 뭘 어쩌겠다는 거지? 왜 포기하지 않고 우리의 상식에 도전하는 건가?"

리오가 등받이에 팔을 걸치고는 씩 웃었다.

"왜, 재미없나?"

"뭐라고?"

"그럼 묻지. 네가 아는 경작지의 역사상 여기까지 기어 올라온 가축들이 있었나?"

"……."

"너희들이 상식이라고 믿어왔던 것들은 이미 깨진 상태야. 그러니 너희들 멋대로 남들 인생 결정짓지 마."

"뭐라고?"

"후, 네가 손해 볼 건 없잖아? 그러니 우리가 죽어가는 방식을 똑똑히 보라고. 수천억 년이 지나도 우리들을 잊지 못하도록 해줄 테니까."

리오의 일행은 리오를 지켜봤고 어린 쉬프터들은 흠집의 룩을 바라봤다.

전투능력 문제가 아니었다. 두 존재가 지금껏 살아오면서 쌓아온 가치관이 양측을 대표하여 팽팽하게 충돌하고 있었다.

"후후, 정말 재미있군. 사이악스 프라임께서는 왜 이런 재미를 우리에게 알려주지 않으신 걸까?"

흠집의 룩이 웃었다. 먼저 고집을 꺾은 것이다.

"그럼 대답이나 해. 내가 왜 카샤와 함께 있을 때는 아카식 레코드의 간섭에서 벗어날 수 있었던 거지?"

리오의 표정이 다시 진지해졌다.

"그리 복잡한 문제는 아니다, 리오 스나이퍼. 아카식 레코드는 분명 너희들에게 있어서 운명 그 자체지만 카샤는 다르지. 애초에 하이볼크와는 관계없는 존재이기 때문에 아카식 레코드의 간섭을 무의식적으로 교란시킬 수 있거든. 넌 그 교란된 영역 안에 들어 있었기에 자아를 유지할 수 있었던 것이다."

리오는 그 대답을 통해 미미르가 카샤를 빼내려 한 이유를 조금은 이해할 수 있었다.

"그럼 아테나는? 이 신계와 관계가 있는 존재잖아?"

"아마 엠프레스께서 조치를 취해주셨겠지. 하이볼크가 만든 아카식 레코드의 규모는 기껏 해야 은하계 몇 개 수준이다. 엠프레스께서 아테나님께 도움을 주시는 것은 일도 아니야."

"흠, 진짜 별것 아니군."

"……."

"그런데 말이지, 아카식 레코드의 크기가 거기서 더 커질 수 있나?"

"크기?"

"너희들이 이 우주를 확장시키고 있다는 얘기를 엠프레

스에게서 들었거든. 혹시 사냥꾼도 그게 가능하지 않을까,
해서 말이야."

"……."

흠집의 룩은 한참동안 말이 없었다. 그 고요함이 리오 일
행은 물론 리오마저도 긴장시켰다.

"어이?"

"설마!"

흠집의 룩이 고함을 지르며 일어났다.

"패러독스에 의한 붕괴다!"

"패러독스에 의한 붕괴? 무슨 소리야?"

"이번엔 내가 질문하겠다, 리오 스나이퍼! 네가 갇혀 있
던 아카식 레코드는 네가 과거에 겪었던 일들과 차이가 없
었나?"

"차이가 좀 컸지. 오리지널 리오 스나이퍼와 나의 성격
차이 때문에 그럴 거야."

"그게 바로 패러독스다! 이 세계의 역사와 아카식 레코드
의 역사는 달라! 아카식 레코드는 우리 쉬프터들에게 그냥
그런 자료일 뿐이지만 사냥꾼들이 아카식 레코드를 강제로
활성화시킨 뒤 현실로 바꿔 이 세계와 충돌시키면 그때
는……!"

"그래, 시공간 균열과는 비교할 수 없는 우주의 대균열이

일어나게 되지."

창밖에서 갑자기 들린 목소리에 리오와 흠집의 룩이 동시에 고개를 돌렸다.

그곳에는 지금까지 미미르, 혹은 하얀 우주의 의지라고 불려온 존재가 유령처럼 펄럭거리고 있었다.

그 존재의 검은색 눈이 날카로운 형태로 일그러졌다.

"다시 만날 거라고 했지?"

그의 두 눈에서 터진 흰색의 파동이 리오 일행을 강렬하게 덮쳤다.

행성의 3분의 1이 그 충격파가 일어난 곳을 기점으로 한 입 뜯긴 사과처럼 가볍게 날아갔다.

노출된 지각과 엉망이 된 대기가 뒤엉키면서 행성은 순식간에 생지옥으로 변했다.

자신이 만든 절벽에 서서 그 광기를 지켜보던 미미르, 아니 하얀 우주의 의지는 뒤쪽으로 스르륵 돌아섰다.

흠집의 룩을 비롯한 리오 일행 전부가, 심지어는 하이엘바인까지 침대 째로 리오의 뒤편에 놓여 있었다.

다친 사람은 아무도 없었다. 반면 리오는 잿빛으로 변한 두 팔이 으스러져 떨어져 나가면서 이를 악물었다.

"연산압박? 네가 연산압박을 쓸 줄 안다고?"

하얀 우주의 의지가 놀란 목소리로 물었다.

"하, 몰랐나? 실망이군."

연산압박이라는 말에 홈집의 룩을 비롯한 쉬프터 전부가 경악했다.

"말도 안 돼! 그럴 리가……? 프라임이 아니면 절대 불가능할 텐데?"

리오를 한참 관찰하던 하얀 우주의 의지는 미끄러지듯 리오에게 스르륵 다가온 뒤 그의 팔 단면에 자신의 팔을 쑤셔 넣었다.

"으윽!"

리오는 그에게서 벗어나려 했으나 모두를 구하기 위해 연산압박과 F.O.R을 병행하여 쓴 관계로 체력이 다하여 꼼짝도 하지 못했다.

"리오 오빠!"

루이체가 비명을 지르는 한편, 시류지 변환갑을 뒤늦게 입은 지크가 리오를 구하기 위해 동료들로부터 벗어났다.

"넌 대체 뭐하는 놈이야!"

하얀 우주의 의지를 공격하려던 지크의 몸이 붉은색의 큰 손에 눌려 사라졌다.

초중량급 사냥꾼이 하얀 우주의 의지가 만든 계곡에서 기어 올라와 머리를 내밀었다.

사냥꾼은 하나가 아니었다. 잠복하고 있던 초중량급 사

냥꾼들이 일제히 나타나면서 일행 모두에게 법칙붕괴에서 비롯되는 공허의 공포를 안겨주었다.

"제기랄!"

무명도로 사냥꾼의 손을 베고 탈출한 지크는 사냥꾼을 공격하기 위해 하늘로 솟아올랐다.

"한 방에 끝내주마!"

시류지 변환갑의 힘을 개방하던 지크의 자세가 어느 순간 서서히 풀렸다.

지크는 대기권 밖에서 하늘의 절반을 가린 채 자신들을 내려다보고 있는 또 다른 사냥꾼과 마주보고 있었다.

"위험등급……!"

홈집의 룩은 단말마를 토하듯 그 거대한 존재의 분류명칭을 읊었다.

그것들을 모두 동원한 장본인, 하얀 우주의 의지는 리오의 팔에서 자신의 팔을 뽑았다.

"이거 황당하군. 뜻하지 않은 선물이야! 설마 오늘 이 자리에서 그토록 소원하던 것을 이룰 수 있을 줄이야!"

하얀 우주의 의지가 자신의 팔을 둥글게 뭉쳤다. 연기처럼 흔들리던 그의 팔이 고체화하여 오색으로 빛났다.

"네 껍질을 하나씩 깨주마!"

그가 주먹을 리오의 가슴 한 가운데에 박아 넣었다.

"컥!"

입에서 대량의 피를 뿜은 리오의 모습이 갑자기 신기루처럼 흔들리고 여러 개로 겹쳐 보였다. 뒤이어 그로부터 터진 빛이 하늘을 꿰뚫을 기세로 솟구쳐 올랐다.

그 빛에서 튀어나온 것은 리오와 여태껏 동기화되어 있던 궁니르였다.

갈라져 나오는 것은 궁니르뿐만이 아니었다.

사지가 멀쩡한 회색 망토 차림의 리오가 튕겨져 나온 뒤 비틀거리고는 그 자리에 주저앉았다.

"이게 너를 상징하던 증오심과 집념의 실체로구나!"

하얀 우주의 의지가 소리를 지르는 것에 맞춰 빛이 사라졌다.

하얀 우주의 의지가 들고 있는 것은 금발의 작은 소녀였다.

쑤밍의 팔을 붙든 채 덜덜 떨고 있던 루이체가 그 자리에 주저앉았다.

"나……?"

루이체의 어린 시절을 기억하고 있는 쑤밍도 뒤따라 주저앉았다.

"루이체? 어째서?"

놀란 것은 모두가 마찬가지였지만 도망치고 싶을 만큼

떨고 있는 자는 지크였다.

'저 꼬마, 분명…….'

시류지 변환갑의 투구 속에서 치아끼리 딱딱 부딪치는 소리가 흘러나왔다.

'나 때문에 멸망한 세계의 루이체라고?'

애써 잊고 있던 강렬한 죄책감이 그의 투지를 바닥으로 떨어뜨렸다.

"후후, 이제 이해하겠어."

하얀 우주의 의지는 손에 붙들고 있던 소녀를 멀리 집어 던졌다.

땅을 몇 번이나 굴렀음에도 불구하고 그 작은 소녀는 새끼 야수처럼 눈을 부릅뜬 채 일어났다.

"어째서 중심핵에 오리지널 리오 스나이퍼가 없나 했더니 네가 원혼이 되어 녀석의 몸을 이용하고 있었군. 너희 세계를 쓰고 버린 하이볼크에게 복수하고 싶었나? 그럼 그냥 하이볼크에게 복수할 것이지 왜 여기까지 참견한 거지?"

"아니야, 난……!"

어린 루이체의 오른팔 혈관 전체가 녹색으로 빛났다. F.O.R이었다.

"건방지군!"

하얀 우주의 의지가 눈을 빛내자 큰 충격파가 일어났다.

F.O.R을 이용해 그 충격파를 받아낸 어린 루이체는 결국 힘이 다하여 쓰러졌다.

손가락 하나 까딱할 힘조차 없는데도 불구하고 그 어린 소녀의 눈빛은 집념으로 불타고 있었다.

"흠, 사연 따위는 들을 필요도 없겠지."

하얀 우주의 의지가 손을 들었다. 그에 맞춰 대기권 밖에 떠있는 위험등급 사냥꾼이 두 손을 위로 들어 올렸다.

일행은 주변 우주 전체가 사냥꾼의 손 사이로 빨려 들어가는 광경을 목격했다.

"이 검은색 우주는 정말 보존하고 싶을 만큼 훌륭해. 그 일부를 뜯어서 어느 수준 이상으로 압축하면 신기하게도 빛을 가진 에너지가 되더군. 프라임 중 한 명이 이 능력을 퀘이사 드래프트라고 하더군."

위험등급 사냥꾼의 손 사이에서 땅을 불태울 듯한 기세의 빛이 뿜어졌다.

"요즘은 프라임들의 방해가 심해서 퀘이사 드래프트를 이용한 원거리 저격은 힘들지만… 아무튼 그 힘을 최소단위로 사용한다 해도 너희들 전부를 날리기에는 충분하지. 경계선을 깨고 신계까지 날아가서 거길 엉망으로 만들지도 몰라. 후후, 회의장에 갇혀 있을 사이악스가 여기에 왔을 때 무슨 비명을 지를지 궁금하군."

일행을 포위하고 있던 초중량급 사냥꾼 전부가 사라졌다.

"이 자리에서 네놈들이 박살 나는 꼴을 지켜봐 주마. 아, 몇 명은 머리통만이라도 남겨줄까? 이 지긋지긋한 우주의 끝이 어떻게 되는지 구경시켜주는 것도 괜찮을 것 같군."

그가 들고 있던 손을 아래로 내렸다.

"용건은 끝이다!"

대기권을 관통한 퀘이사 드래프트의 빛이 땅에 닿으려는 순간이었다.

그 빛이 어떤 힘과 충돌하면서 사방으로 퍼졌다.

절망하고 있던 일행은 의식을 잃고 쓰러져 있던 회색 망토의 리오가 맹렬한 기세로 힘을 발휘하면서 일어나는 모습을 빛 속에서 목격했다.

"오오… 오오오오!"

괴성이 터졌다.

퀘이사 드래프트를 내리쪼이던 위험등급 사냥꾼이 지상에서 올라온 충격파에 몸통이 부서지면서 우주 저편으로 사라졌다.

"아아아……!"

회색의 망토가 일렁이더니 어느 순간 검은색의 복장으로

돌아왔다. 그러나 얼마 못가 다시 회색 망토 차림으로 바뀌었다.

그 이유를 알기 힘든 광경이 끊임없이 반복됐다.

하얀 우주의 의지는 허탈한 모습으로 그 광경을 지켜봤다.

"대체 뭐지? 무슨 난리야?"

"설명이 필요한가?"

모든 이들의 머리 위에서 목소리가 들렸다.

멀쩡한 모습의 프라임 클래스 한 명이 흰색의 망토를 펄럭이면서 리오와 루이체 사이에 내려왔다.

하얀 우주의 의지는 그 존재가 누구인지 단숨에 느꼈다.

"결국 탈출했나, 프라이오스여?"

"형제들이 나를 도왔지."

"그렇군. 프라이오스여. 그럼 탈출을 한 기념으로 이게 대체 무슨 상황인지 대답을 해줄 수 있겠나?"

프라임, 프라이오스의 가면 사이에서 붉은색의 빛이 흘러나왔다.

"지금 그대가 신경 써야 할 사실은 딱 두 가지다, 하얀 우주의 의지여. 그대는 내 동포를 공격했고 난 그런 일을 그냥 넘어간 적이 한 번도 없었지."

"그래, 알고 있어. 넌 그런 성분이니까."

"네가 아네라의 팜블러드에게 내 동포들을 팔아넘겼을 때를 기억하나? 난 이번에도 너를 용서하지 않을 것이다."

"호오, 또 나를 찾겠다며 우주를 뒤집어놓을 생각인가?"

프라이오스는 앞에 쓰러져 있는 어린 루이체를 주워 품에 소중히 안은 뒤 가면의 빛을 더욱 증폭시켰다.

"네 걱정이나 해라, 하얀 우주의 의지여."

『가즈 나이트 R』 22권에 계속…

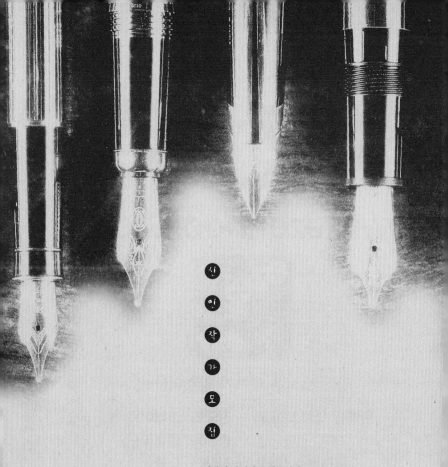

마 in 화산

FANTASTIC ORIENTAL HEROES

용훈 新무협 판타지 소설

무림공적, 천살마군 염세악!
검신 한호에게 잡혀 화산에 갇힌 지 백 년.

와신상담… 절치부심… 복수무한…

세월은 이 모든 것을 잊게 하고
세상마저 그를 잊게 만들었다.
하지만.

"허면 어르신 함자가 어찌 되시는지……"
우연한 만남, 자신도 모르게 튀어나온 원수의 이름.
"그게… 한, 한호일세."

허무함의 끝에서 예기치 않게 꼬인 행로.
화산파 안[in]의 절세마인, 염세악의 선택!

FUSION FANTASTIC STORY
천성민 장편 소설

# 짐승의 규칙

『무결도왕』 『다크로드 블리츠』
천성민 작가의 신간!

짐승의 규칙

살아야만 했다.
나를 위해 희생당한 부모님을 위해.
복수를 위해.

죽여야만 했다.
내가 살기 위해 타인의 목숨을.

그렇게……
나는 짐승이 되었다.

Book Publishing CHUNGEORAM